世界少年经典文学丛书

理智与情感

[英]奥斯丁 著
李 宏 编译

中国出版集团 现代出版社

图书在版编目(CIP)数据

理智与情感 /（英）奥斯丁（Austen,J.）著；李宏编译. —北京：现代出版社，2013.2

ISBN 978-7-5143-1327-7

Ⅰ. ①理… Ⅱ. ①奥… ②李… Ⅲ. ①长篇小说-英国-近代-缩写 Ⅳ. ①I561.44

中国版本图书馆 CIP 数据核字（2013）第 022123 号

作　　者　奥斯丁
责任编辑　刘春荣
出版发行　现代出版社
通讯地址　北京市安定门外安华里 504 号
邮政编码　100011
电　　话　010-64267325　64245264(传真)
网　　址　www.xdcbs.com
电子邮箱　xiandai@cnpitc.com.cn
印　　刷　三河市嵩川印刷有限公司
开　　本　700mm×1000mm　1/16
印　　张　9
版　　次　2013 年 2 月第 1 版　2021 年 8 月第 3 次印刷
书　　号　ISBN 978-7-5143-1327-7
定　　价　29.80 元

序 言

孩子是未来的希望，是父母心中的天使，是充满快乐的精灵。小学阶段更是孩子最快乐的时光，是孩子成长发育的黄金阶段。为了让孩子学习更多的课外知识，享受更加丰富的学习乐趣，我们策划了本丛书！

从小让孩子多读课外书，对培养孩子健康的心态和正确的人生观无疑将起着非常重要的作用。自《语文课程标准》公布以来，不少富有敬业精神、有才干的教师，在他们的教学中，担当起阅读教育的重担。他们在严谨的选材中，利用丰富的文学资源，向学生推荐了大量优秀的课外读物，实施了以“练成阅读和作文的熟练技能”为重要内容的阅读教育。大千世界充满了丰富的知识。阅读能丰富小学生的语文知识，增强阅读能力，提高写作水平，开阔视野，增长智慧。阅读本丛书，能够使孩子享受到阅读的快乐，激发起更浓厚的阅读兴趣，孩子的生活将充满新的活力与幸福！本丛书精选了世界名著和中国经典书目中流传最广、影响最大、最脍炙人口的作品，是培养小学生理解能力、记忆能力、创造能力的最佳课外读物。

最后需要指出的是，本丛书把世界上流传甚广的经典童话、寓言等也尽收其中，并将这些文学作品重新编写审订，使作品在不影响原著的基础上更适合少年儿童阅读，在丰富他们课余生活的同时提高语言和文字表达能力。本丛书通过科学简明的体例、丰富精美的图片等有机结合，使小读者不仅能直观地领略作品的精髓，而且还能获得更为广阔的文化视野和愉快体验。希望本丛书能成为孩子生活的一缕阳光照亮孩子前进的道路，能成为一丝雨露滋润孩子纯净的心灵。

编 者

目 录

第一卷

第二卷

第一卷

第一章

达什伍德家在苏塞克斯定居，可有些年代了。家里置下一个偌大的田庄，府第就设在田庄中心的诺兰庄园。祖祖辈辈以来，一家人一直过着体面日子，赢得了四近乡邻的交口称誉。已故庄园主是个单身汉，活到老大年纪。在世时，妹妹长年陪伴他，替他管管家务。不想妹妹早他十年去世，致使府上发生巨变。为了填补妹妹的空缺，他将侄儿亨利·达什伍德一家接到府上。亨利·达什伍德先生是诺兰田庄的法定继承人，老达什伍德打算把家业传给他。这位老绅士有侄儿、侄媳及其子女作伴，日子过得倒也舒心。他越来越喜爱他们。亨利·达什伍德夫妇不仅出自利害关系，而且由于心地善良，对他总是百般照应，使他晚年享尽了天伦之乐。而那些天真烂漫的孩子也给他的生活增添了乐趣。

亨利·达什伍德先生同前妻生下一个儿子，同现在的太太生了三个女儿。儿子是个踏实体面的青年。当年他母亲留下一大笔遗产，到他成年时有一半交给了他，为他奠定了厚实的家底。此后不久，他成了亲，又增添了一笔财产。所以，对他说来，父亲是不是继承诺兰田庄，远不像对他几个妹妹那样至关紧要。这几个妹妹假若不依赖父亲继承这笔家业可能给她们带来的进益，她们的财产便将微乎其微。她们的母亲一无所有，父亲仅仅掌管着七千镑，而对前妻另一半遗产的所有权只在生前有效，他一去世，这一半财产也归儿子承袭。

老绅士死了，开读遗嘱，发现跟其他遗嘱一样，叫人既高兴，也失望。他并非那样偏颇无情，还是把田庄传给了侄儿。但是，因为附有条件，这份遗产便失去了一半价值。本来，达什伍德先生想要这笔财产，只是顾念妻子和女儿，而不是为自己和儿子着想。但财产却偏偏要世袭给他儿子和四岁的孙子，这样一来，他便无权动用田庄的资财，或者变卖田庄的资财，来赡养他那些最亲近、最需要赡养的家眷。为了那个孩子，全盘家业都被冻结了。想当初，这孩子只是偶尔随父母亲到诺兰庄园来过几趟，跟其他两三岁娃娃一样，也没有什么异常逗人喜爱的地方，大不过正牙牙学语，禀性倔强，好恶作剧，爱大吵大闹，却博得了老绅士的欢心。相形之下，侄媳母女多年关照的情分，倒变得无足轻重了。不过，老人也不想太苛刻，为了表示他对三个站娘的一片心意，好歹分给了每人一千镑。

达什伍德先生起初极为失望。他性情开朗，满以为自己能多活些年岁，凭着这么大的一个田庄，只要马上改善经营，省吃俭用，就能从收入中攒下一大笔钱，然而，这笔迟迟到手的财产在他名下只持续了一年工夫，因为叔父死后不久，他也一命归天，给他的遗嘱和女儿们留下的财产，包括叔父的遗产在内，总共不过一万镑。

当时，家人看他病危了，便打发人去叫他儿子。达什伍德先生竭尽最后一点气力，向儿子做了紧急交代，嘱托他照应继母和三个妹妹。

约翰·达什伍德先生不像家里其他人那样多情善感。可是，此时此刻受到这般嘱托，他也深为感动，答应尽力让她们母女生活得舒舒适适的。父亲听到这番许诺，便也放宽心了。一时间，约翰·达什伍德先生有空算计起来：若是精打细算，他到底能为她们尽多大力量。

这位年轻人心眼并不坏，除非你把冷漠无情和自私自利视为坏心眼。总的说来，他很受人尊敬，因为他平常办起事来，总是十分得体。他若是娶个和蔼一点的女人，也许会更受人尊重，甚至他自己也会和蔼一些。无奈他结婚时太年轻，太偏爱妻子了。不过，约翰·达什伍德夫人倒也活像她丈夫，只是更狭隘，更自私罢了。

他向父亲许诺的时候，心里就在盘算，想给他妹妹每人再补贴一千镑的收入。当时，他确实觉得这是他力所能及的。他除了目前的收入和母亲另一半遗产以外，还可望每年再添四千镑。一想到这里，心里不禁热乎乎的，他认为自己可以慷慨一点。“是的，我可以给她们三千镑，这多么慷慨大方啊：可以确保她们安安生生地过日子啦。三千镑呀，我可以毫不费劲地省出这么一笔巨款。”他整天这么想着，接连想了好多天，一点也没反悔。

父亲的丧事刚办完，约翰·达什伍德夫人也不打个招呼，就带着孩子、仆人来到婆婆家里。谁也无法怀疑她有权来这里，因为从她公公死去的时刻起，这房子就属于她丈夫的了。不过，她的行为实在太不文雅，按照人之常情，任何一个女人处在达什伍德太太当婆母的位置上，都会感到很不愉快。何况，达什伍德太太是个自尊心很强、慷慨大方、落拓不羁的女人，对这种唐突无礼的事情，无论是谁干的或者对谁干的，她都会感到深恶痛绝。约翰·达什伍德夫人在婆家从未受过任何人的喜爱，可是直到今天她才有机会向她们摆明：在必要时，她为人行事可以全然不顾别人的痛痒。

达什伍德太太厌恶这种蛮横无礼的行径，并因此而鄙视她的儿媳。一见儿媳进门，她就恨不得永远离开这个家。怎奈大女儿一再恳求，她开始考虑一走了之是否妥当。后来硬是出自对三个女儿的爱怜，她才决定留下来。看在女儿们的份上，还是不跟那个做哥哥的闹翻为好。

大女儿埃丽诺的劝解奏效了。埃丽诺思想敏锐，头脑冷静，虽然年仅十九岁，却能为母亲出谋划策。达什伍德太太性情急躁，做事总是冒冒失失。埃丽诺为大家着想，经常出来劝阻劝阻。她心地善良，性格温柔，感情强烈，然而她会克制自己，——对于这一手，她母亲还有待学习，不过她有个妹妹决计一辈子也不要学。

玛丽安各方面的才干都堪与埃丽诺相媲美。她聪慧善感，只是做什么事情都心急火燎的。她伤心也罢，高兴也罢，都没有个节制。她为人慷慨，和蔼可亲，也很有趣，可就是一点也不谨慎，与她母亲一模一样。

埃丽诺见妹妹过于感情用事，不免有些担心，可达什伍德太太却觉得这很难能可贵。现在，她们两人极度悲痛的情绪，互相感染，互相助长。最初的那种悲痛欲绝的情状，一触即发，说来就来，反反复复地没完没了。她们完全沉湎于悲恸之中，真是哪里伤心往哪里想，越想越痛不欲生，认定这辈子就这么了结啦，谁来解劝也无济于事。埃丽诺也很悲痛，不过她尚能顶得住，尽量克制自己。她遇事能同哥哥商量着办，嫂子来了能以礼相待。她还能劝说母亲也这样做，请她多加忍让。

三妹玛格丽特是个快活厚道的小姑娘，不过由于她已经染上了不少玛丽安的浪漫气质，而又不像她那么聪明，处在十三岁的年纪，还不可能赶上涉世较深的姐姐。

第二章

约翰·达什伍德夫人如今当上了诺兰庄园的女主人，她的婆母和小姑们反而落到寄人篱下的境地。不过，这么一来，她待她们反倒文静客气起来。她丈夫对她们也和和气气的，他除了对自己和自己的老婆孩子之外，对别人充其量也只不过如此。他颇为恳切地请求她们把诺兰庄园当作自己的家。达什伍德太太觉得一时在左近找不到合适的房子，不如暂且呆在这里，于是便接受了他的请求。

对于达什伍德太太来说，呆在个老地方，随时随地都能回想起昔日的欢乐，倒也再称心不过了。碰到高兴的时候，谁也没有她那样开心，那样乐观地期待着幸福的到来，仿佛期待本身就是一种幸福似的。可是一遇到伤心事，她也同样胡思乱想，失去常态，同她高兴时不能自已一样，她伤心起来也是无法解脱的。

约翰·达什伍德夫人根本不赞成丈夫资助他几个妹妹，从他们小宝贝的财产中挖掉三千镑，岂不是把他刮成穷光蛋了吗？她请丈夫重新考虑这件事。自己的孩子，而且是独生子，他怎么忍心剥夺他这么一大笔钱呀？几位达什伍德小姐与他只是同父异母兄妹，她认为这根本算不上什么亲属关系，她们有什么权利领受他这样慷慨的资助？人所周知，同父异母子女之间历来不存在什么感情，可他为什么偏要把自己的钱财送给同父异母妹妹，毁自己，也毁他们可怜的小哈里？

“我父亲临终有嘱咐，”丈夫回答说，“要我帮助寡母和妹妹们。”

“他准是在说胡话。那阵子，他十有八九是神志不清了，要不然他就不会异想天开地要你把自己孩子的财产白白送掉一半。”

“亲爱的范妮，他倒没有规定具体数目，只是笼统地要求我帮助她们，使她们的境况好一些，他是无能为力啦。也许他不如索性把事情全部交给我。他总不会认为我会怠慢她们吧。可他让我许诺时，我又不能不应承；起码在当时，我是这么想的。于是，我许诺了，而且还必须兑现。她们早晚要离开诺兰庄园，到别处安家，总得帮她们一把吧。”

“那好，就帮她们一把吧，可是帮一把何必要三千镑，你想想看，”她接下去说道，“那钱一旦抛出去，可就再也收不回来了。你那些妹妹一出嫁，那钱不就无影无踪啦。真是的，这钱要是能回到我们可怜的小儿子手里……”

“哦，当然，”丈夫一本正经地说道，“那可就了不得啦。有朝一日，哈里会怨恨我们给他送掉这么一大笔钱。他一旦人丁兴旺起来，这笔款子可就派大用场了。”

“谁说不是呢。”

“这么说，不如把钱减掉一半，这或许对大家都有好处。给她们一人五百镑，她们也够发大财的了。”

“哦，当然是发大财了！世上哪个做哥哥的能这样照应妹妹，即使是对待亲妹妹，连你的一半也做不到！何况你们只是同父异母关系！可你却这样慷慨解囊。”

“我做事不喜欢小家子气，”做丈夫的回答说，“逢到这当口，人宁可大手大脚，而别小里小气。至少不会有人觉得我亏待了她们，就连她们自己也不会有更高的期望了。”

“谁知道她们有什么期望，”夫人说道，“不过，我们也犯不着去考虑她们的期望。问题在于：你能拿得出多少。”

“那当然，我想我可以给她们每人五百镑，其实，即便没有我这份补贴，她们的母亲一死，她们每人都能得到三千多镑，对于一个年轻女子来说，这是一笔相当不错的财产啦。”

“谁说不是呢！说实在的，我看她们根本不需要额外补贴了。她们有一万镑可分。要是出了嫁，日子肯定富得很。即使不出嫁，就靠那一万镑得来的利息，也能在一起生活得舒舒服服的。”

“的确如此。所以我在琢磨，整个来看，趁她们母亲活着的时候，给她点补贴，这是不是比给她们更可取呢？我的意思是给她点年金什么的。这个办法产生的良好效果，我妹妹和她们的母亲都能感觉得到。一年出一百镑，管叫她们全都心满意足。”

然而，他妻子没有马上同意这个计划，她犹豫了一会儿。

“当然，”她说，“这比一下子送掉一千五百镑要好。不过，要是达什伍德太太活上十五年，我们岂不上了大当。”

“十五年！我亲爱的范妮，就她那命呀，连这一半时间也活不到。”

“当然活不到。不过，你留心观察一下，人要是能领到一点年金的话，总是活个没完没了。她身强力壮的，还不到四十岁。年金可不是闹着玩的，一年一年地给下去，到时想甩都甩不掉。你不懂这种事，我可体验到给年金的不少苦楚，因为我母亲遵照我父亲的遗嘱，年年要向三个老仆人支付退休金，她发现这事讨厌极了。这些退休金每年支付两次，要送到仆人手里可麻烦了。此后听说有一个仆人死了，可后来发现并没有这回事。我母亲伤透了脑筋。她说，她的财产被这样长久刮下去，她哪里还做得了主？这都怪我父亲太狠心，不然这钱还不都是我母亲的，爱怎么用就怎么用。加今，我对年金憎恶透了，要是叫我给哪个人付年金，我说什么也不干。”

“一个人的收入年年这样消耗下去，”达什伍德先生说，“这当然是件不愉快的事情。你母亲说得对，这财产就不由自己做主了。一到年金支付日，都要照例支出一笔钱，这着实有些讨厌：它剥夺了一个人的自主权。”

“那还用说。尽管如此，你还不讨好。她们觉得自己到期领取，万无一失，而你又不会再多给，所以对你压根儿不领情。我要是你呀，不管做什么事，一定自作裁夺。我决不会作茧自缚，去给她们什么年金。逢到某些年头，你要从自己的花销中抽声一百镑，甚至五十镑，可不那么容易。”

“亲爱的，我看你说得对，这事还是不搞年金为好。偶尔给她们几个钱，比给年金有益得多，因为钱给多了，她们只会变得大手大脚，到了年底，一个小钱也多不出来。这是个最好不过的办法。不定时地送她们五十镑，这样她们什么时候也不会缺钱用，我还能充分履行我对父亲的诺言。”

“当然如此。说实在话，我认为你父亲根本没有让你资助她们的意思。我敢说，他所谓的帮助，不过是让你合情合理地帮点忙，比方替她们找座舒适的小房子啦，帮她们搬搬东西啦，等季节到了给她们送点鲜鱼野味啦，等等。我敢以性命担保，他没有别的意思；要不然，岂不成了咄咄怪事。亲爱的达什伍德先生，你只要想一想，你继母和她的女儿们靠着那七千镑得来的利息，会过上多么舒适的日子啊。况且每个女儿还有一千镑，每年能给每人带来五十镑的收益。当然啦，她们会从中拿来向母亲缴纳伙食费的。总计起来，她们一年有五百镑的收入，就那么四个女人家，这些钱还不够吗？她们的花销少得很！管理家务不成问题。她们一无马车，二无马匹，也不用雇仆人。她们不跟外人来往，什么开支也没有！你看她们有多舒服！一年五百镑啊！我简直无法想象她们哪能花掉一半。至于说你想再给她们钱，未免太荒诞了吧，论财力，她们给你点倒差不多。”

“哟!”达什伍德先生说，“你说得真是一点不假。我父亲对我的要求，除了你说的之外，肯定没有别的意思。我现在搞清楚了，我要严格履行我的诺言，照你说的，为她们帮点忙，做点好事。等我母亲搬家的时候，我一定尽力帮她安顿好，还可以送她点小件家什。”

“当然，”约翰·达什伍德夫人说，“但是，有一点你还得考虑。你父母亲搬进诺兰庄园时，斯坦希尔那里的家具虽说都卖了，可那些瓷器、金银器皿和亚麻台布都还保存着，统统留给了你母亲。因此，她一搬家，屋里准摆得阔阔气气的。”

“你考虑得真周到。那可是些传家宝啊！有些金银器皿送给我们可就美啦。”

“就是嘛。那套瓷器餐具也比我们家的漂亮多了。我看太漂亮了，她们的房里根本不用配摆设。不过，事情就这么不公平。你父亲光想着她们。我实对你说吧：你并不欠你父亲的情，不用理睬他的遗愿，因为我们心里有数，他若是办得到的话，准会把所有财产都留给她们的。”

这个论点是无可争辩的。如果达什伍德先生先前还有点下不了决心的话，这下子可就铁了心啦。他最后决定，对他父亲的遗孀和女儿，按他妻子说的，像邻居式地帮帮忙也就足够了；越此雷池一步，不说有失体统，也是绝对多余的。

第三章

达什伍德太太在诺兰庄园又住了几个月。这倒不是因为她不愿意搬走。有一阵子，一见到她所熟悉的每个地方，她都要激动不已，可是现在已经激动不起来了。如今她的情绪开始好转，不再被那些令人痛苦的伤心事所压倒，而是能够思索点别的问题了。她急切地想离开这里，不辞辛苦地四处打听，想在诺兰庄园附近找座合适的房子。她留恋这个地方，要远走高飞是不可能的。不过，她怎么也打听不到这样一个去处，一方面符合她自己需要舒适安逸的想法，另方面又能满足谨慎从事的大女儿的要求。有几座房子，做母亲的本来是中意的，不料大女儿比较固执己见，硬说房子太大住不起，最后只好作罢。

达什伍德太太听丈夫说过，他儿子郑重其事地答应关照她们母女几个。丈夫临终前听到这番许诺，死也瞑目了。她和丈夫一样，对儿子的诚意深信不疑。虽然她觉得自己别说七千镑，即使再少得多，也能过得绰绰有余，但她一想起来就为女儿们感到高兴。再看那做哥哥的心眼这么好，她也为他感到高兴。她责怪自己以前不该错怪他，认为他一毛不拔。他这样对待继母和妹妹们，足以说明他多么关心她们的幸福。有好长一段时间，她对他的慷慨豁达坚信不疑。

她和儿媳刚认识，就瞧不起她，如今在她家里住上半年，进一步了解了她的为人，不觉对她更加鄙视。尽管当婆母的以母爱为重，处处注意礼貌，若不是出现了一个特殊情况，婆媳俩也许还共处不了这么长时间呢。照达什伍德太太的看法，出了这件事，她的女儿们理所当然是要继续呆在诺兰庄园的。

这桩事就出在她大女儿和约翰·达什伍德夫人的弟弟之间，两人渐渐萌发了爱慕之情。那位弟弟是个很有绅士派头的逗人喜爱的年轻人，他姐姐住进诺兰庄园不久，就介绍他与她们母女结识了。从那以后，他将大部分时间都消磨在那里。

有些做母亲的从利害关系出发，或许会进一步撮合这种密切的感情，因为爱德华·费拉斯乃是一位已故财主的长子；不过，有些做母亲的为了慎重起见，也许还会遏制这种感情，因为爱德华除了一笔微不足道的资产之外，他的整个家产将取决于母亲的遗嘱。可是达什伍德太太对这两种情况都不予考虑。对她来说，只要爱德华看上去和蔼可亲，对她女儿一片钟情，而埃丽诺反过来又钟情于他，那就足够了。因为财产不等而拆散一对志趣相投的恋人，这与她的伦理观念是格格不入的。埃丽诺的优点竟然不被所有认识她的人所公认，简直叫她不可思议。

她们之所以赏识爱德华·费拉斯，倒不是因为他人品出众，风度翩翩，他并不漂亮，那副仪态嘛，只有和他熟悉了才觉得逗人喜爱。他过于腼腆，这就使他越发不能显现本色了。不过，一旦消除了这种天生的羞怯，他的一举一动都表明他胸怀坦率，待人亲切。他头脑机灵，受教育后就更加聪明。但是—无论从才智还是从意向上看，他都不能使他母亲和姐姐称心如意，她们期望看到他出人头地—比如当个—她们也说不上当个啥。她们想让他在世界上出出这样或那样的风头。他母亲希望他对政治发生兴趣，以便能跻身于议会，或者结攀一些当今的大人物。约翰，达什伍德夫人抱有同样的愿望，不过，在这崇高理想实现之前，能先看到弟弟驾着一辆四轮马车，她也就会心满意足了。谁想，爱德华偏偏不稀罕大人物和四轮马车，他一心追求的是家庭的乐趣和生活的安逸。幸运的是，他有个弟弟比他有出息。

爱德华在姐姐家盘桓了几个星期，才引起达什伍德太太的注意；因为她当初太悲痛，对周围的事情也就不注意了。她只是看他不声不响，小心翼翼，为此对他发生了好感。他从来不用不合时宜的谈话，去扰乱她痛苦的心灵。她对他的进一步观察和赞许，最早是由埃丽诺偶然说出的一句话引起来的。那天，埃丽诺说他和他姐姐大不一样。这个对比很有说服力，帮他博得了她母亲的欢心。

“只要说他不像范妮，这就足够了，”她说，“这就是说他为人厚道，处处可亲。我已经喜爱上他了。”

“我想，”埃丽诺说，“你要是对他了解多了，准会喜欢他的。”

“喜欢他！”母亲笑吟吟地答道。“我心里一满意，少不了要喜爱他。”

“你会器重他的。”

“我还不知道怎么好把器重和喜爱分离开呢。”随后，达什伍德太太便想方设法去接近爱德华。她态度和蔼，立即使他不再拘谨，很快便摸清了他的全部优点。她深信爱德华有意于埃丽诺，也许正是因此，她才有这么敏锐的眼力。不过，她确信他品德高尚。就连他那文静的举止，本是同她对青年人的既定的看法相抵触的，可是一旦了解到他待人热诚，性情温柔，也不再觉得令人厌烦了。

她一察觉爱德华对埃丽诺有点爱慕的表示，便认准他们是在真心相爱，巴望着他们很快就会结婚。

“亲爱的玛丽安，”她说，“再过几个月，埃丽诺十有八九要定下终身大事了。我们会惦记她的，不过她会很幸福。”

“啊，妈妈，要是离开她，我们可怎么办啊？”

“我的宝贝，这还算不上分离。我们和她就隔着几英里路远，天天都能见面。你会得到一个兄长，一个真正的、情同手足的兄长。我对爱德华的那颗心算是佩服到家了。不过，玛丽安，你板着个脸，难道你不赞成你姐姐的选择？”

“也许是吧，”玛丽安说，“我感到有点意外。爱德华非常和蔼可亲，我也很喜爱他。但是，他可不是那种年轻人——他缺少点什么东西，他那副形象可不引人注目——我觉得，可以真正吸引我姐姐的那种魅力，他连一丝一毫都不具备。他两眼无神，缺乏生气，显不出美德与才华。除此之外，他恐怕还没有真正的爱好。音乐对他几乎没有吸引力，他虽然十分赞赏埃丽诺的绘画，可那不是内行人的赞赏。埃丽诺画画的时候，他总要凑到跟前，尽管如此，他对绘画显然一窍不通。他那是有情人的赞赏，而不是行家的赞赏。使我满意的人，必须同时具备这两种气质。跟一个趣味与我不能完全相投的人一起生活，我是不会幸福的。他必须与我情投意合；我们必须醉心于一样的书，一样的音乐。哦，妈妈！爱德华昨天夜里给我们朗读时，样子无精打采的，蹩脚透了！我真替姐姐担心。可她倒沉得住气，就像是没看见似的。我简直坐不住了，那么优美的诗句，常常使我激动得发狂，可是让他那么平淡无味、不动声色地一朗读，谁还听得下去！”

“他一定善于朗读质朴风雅的散文。我当时就这么想的，可你偏要让他念考柏的诗。”

“得了吧，妈妈，要是考柏的诗都打动不了他，那他还配读什么！——不过，我们必须承认趣味上的差异。埃丽诺没有我这样的情趣，因此她可以无视这种缺欠，跟他在一起还觉得挺幸福的。可是，我要是爱他的话，见他那样索然乏味地念书，我的心都要碎成八瓣了。妈妈，我世面见得越多，越觉得我一辈子也见不到一个我会真心爱恋的男人。我的要求太高了！他必须具备爱德华的全部美德。而为美德增添光彩，他又必须人品出众，风度迷人。”

“别忘了，我的宝贝，你还不到十七岁，对幸福丧失信心还为时过早。你怎么会不及你母亲幸运呢？玛丽安，你的命运与我的命运只会有一点是不同的！”

第四章

“真可惜呀，埃丽诺，”玛丽安说，“爱德华竟然不爱好绘画。”

“不爱好绘画？”埃丽诺答道。“你怎么能这样看？的确，他自己不画，可是他很喜欢看别人画。我敢向你担保，他决不缺乏天资，只不过是没有机会深造罢了。他要是一步步地学下来，我想会画得很出色的。他不大相信自己这方面的鉴赏力，总是不愿意对任何画儿发表意见。不过，他先天就有一种恰当而纯朴的鉴赏力，使他一般都很明断。”

玛丽安唯恐惹姐姐生气，便不再往下说了。不过，埃丽诺说他赞赏别人的绘画，可是这种赞赏远远没有达到如醉如痴的程度，在她看来，只有达到如醉如痴的程度才能称得上真正具有鉴赏力。姐姐的错误使她暗自发笑。然而，她又佩服姐姐对爱德华的盲目偏爱，正是这种盲目偏爱才导致了那个错误。

“玛丽安，”埃丽诺继续说道，“我希望你不要认为他缺乏一般的鉴赏力。其实，我也许应该说你不会有那种看法，因为你待他十分热诚。如果你真有那种看法的话，你肯定不会对他那么彬彬有礼。”

玛丽安简直不知说什么好。她无论如何也不想伤害姐姐的感情，然而又不能说些言不由衷的话。最后她回答说：

“埃丽诺，要是我对他的称赞与你对他优点的认识不尽一致，请你不要生气。我不像你那样，有那么多机会去揣摩他在意向、爱好和情趣方面的细微的倾向；但是，我极其佩服他的德行和理智。我觉得他可敬可亲极了。”

“我敢肯定，”埃丽诺笑盈盈地答道，“像这样的称赞，连他最亲近的朋友听了也不会不满意的。我很难设想，你能说出更热情的赞语。”

玛丽安看到取悦于姐姐这么容易，禁不住也乐了。

“对于他的德行与理智，”埃丽诺接着说，“凡是经常见到他，能同他畅所欲言的人，我想谁也无法怀疑。他有卓越的见识和操守，只因生性缅腆，经常寡言少语，一时显现不出来。你了解他，能对他那实实在在的人品作出公正的评价。至于谈到你所谓的细微的倾向，有些特殊情况你没有我了解。我有时常和他在一起，而你却完全让母亲拴住了，亲热起来没完没了。我常常见到他，研究了他的情感，听取了他在文学与鉴赏方面的见解。整个来说，我敢断言，他知识渊博，酷爱读书，想象力丰富，观察问题公允而准确，情趣风雅而纯洁。他各方面的能力和他的人品举止一样，你越是了解，印象越好。初看上去，他的风度的确不很引人注目，相貌也算不上漂亮，不过你一见到他那无比动人的眼神，你就会发现他的整个表情都十分可爱。现在我很了解他，觉得他确实漂亮，至少可以说几乎是漂亮的。你看呢，玛丽安？”

“埃丽诺，我要是现在不认为他漂亮，马上就会这么认为的。既然你叫我爱他如爱兄长，我将看不到他外貌上的缺欠，就像我现在看不出他内心里有什么缺欠一样。”

一听这话，埃丽诺不禁为之一惊。她后悔自己不该那样热烈地赞扬爱德华。她觉得，她对爱德华尊崇备至。她认为这种尊崇是双方互有的。不过，对这种相互尊崇，她需要有更大的把握，才能让玛丽安确信他们是相互钟情的，她自己也好感到踏实一些。她知道，玛丽安和母亲忽而胡猜乱想，忽而信以为真。对她俩来说，想望着的便是有希望的，有希望的便是指日可待的。她想把事情的真相向妹妹解释清楚。

“我不想否认，”她说，“我非常看重他——我十分尊敬他，喜欢他。”

玛丽安突然勃然大怒起来。

“尊敬他！喜欢他！冷漠无情的埃丽诺。哼！比冷漠无情还坏！你怕羞才这样讲。你再说这些话，我马上就离开这个房间。”

埃丽诺忍不住笑了。“请原谅，”她说，“你尽管放心，我这样平心静气地谈论我的感情，决没有冒犯你的意思。请你相信，我的感情比我表白的还要强烈。而且你要相信，由于他有那么多优点，由于我怀疑他——希望他有情于我，我才理所当然地产生了这种感情，这既不轻率，也不唐突。但是除此之外，你切不可信以为真。我不敢保证他一定有心于我。有些时候，这种事情还很难说。在没有彻底摸清他的真实思想以前，我想自己还是不要纵容这种偏爱，不要以想象代替事实，轻信妄言，这你是不会感到奇怪的。讲心里话，我并不——几乎一点也不怀疑他对我特别喜爱。但是，除此之外，还有别的问题需要考虑。他绝非是独立自主的。他母亲究竟是什么样的人，我们不得而知。不过，范妮偶尔谈到过她的行为和见解，我们从不认为她是和悦的。爱德华自己也肯定知道，他假若想要一个财产不多、身价不高的女人，一定会遇到重重困难。”

玛丽安惊得地发现，她和母亲的想象已经大大超越了事实真相。

“你当真没有和他订婚，”她说。“然而，这准是马上就要发生的事情。不过，这样推迟一下倒有两个好处，一则我不会这么快就失去你，二则爱德华可以有更多的机会提高自己的天生的鉴赏力，以便欣赏你的特殊爱好，这对你们未来的幸福是必不可少的。哦！他若为你的天才所激发，也学会画画，那该多么令人高兴啊！”

埃丽诺把自己的真实想法告诉了妹妹。她不像玛丽安想象的那样，把对爱德华的钟情看得那么遂心如意。他有时候没精打采的，如果不是表示态度冷淡的话，就说明前景有点不妙。假如他对埃丽诺的钟情感到怀疑，大不过使他忧虑一番，不可能惹得他老是那么垂头丧气的。这里或许有个更合乎情理的原因：他的从属地位不允许他感情用事。埃丽诺知道，他母亲对他的态度，既不是让他把现在的家安排得舒适一些，又不是确认他可以不严格遵循她为他制定的生财发迹之道，而自己成家。埃丽诺深知这一情况，心里不可能感到安稳。她不相信他的钟情会产生什么结果，只有她母亲和妹妹依然认为很有把握。不，他们在一起呆的时间越长，他的情意似乎越令人感到可疑。有时，出现那么痛苦的几分钟，她觉得这只不过是友情而已。

尽管爱德华的感情很有节制，但是一旦让他姐姐察觉了，也真够叫她心神不安、大不自在的，同时，也更使她变得粗暴无礼，她一抓住机会，便当场冲着婆婆奚落开了，神气活现地叙说起她弟弟多么前程远大啦，费拉斯太太决计给两个儿子都娶门贵亲啦，谁家姑娘胆敢诱他上钩决没有好下场啦，说得达什伍德太太既不能佯装不知，又不能故作镇定。她鄙夷地回敬了一句，便走出房间，心想不管多么不方便，花费多么大，也要马上搬家，不能让亲爱的埃丽诺再忍受这种含沙射影式的恶语中伤了，一个星期也不多待了。

正当她处于这种精神状态的时候，达什伍德太太接到邮递来的一封信，信里有个特别及时的提议，说是有一幢小房要出租，要价很便宜，因为房主是她的一位亲戚。此人是德文郡一位有钱有势的绅士。信就是这位绅士亲自写的，写得情真意切，表现出友好相助的精神。他说，他晓得她需要一处住所，虽然他现在向她提议的这座房子只是座乡舍，但是他向她保证，只要她满意这个地方，他一定根据她的需要，尽力加以改修。他介绍了房屋和花园的具体情况之后，便恳挚地敦促她和女儿们一道，早日光临他的寓所巴顿庄园，以便亲自权衡一下，看看巴顿乡舍（因为这些房子都在同一教区）经过改修是否能使她称心加意。看样子，他确实急于想给她们提供住房，整封信写得那么友好，表妹读了哪能不高兴呢？特别是当她遭受近亲的冷落之后。她不需要时间去细想细问，读着读着便下定了决心。巴顿地处德文郡，远离苏塞克斯。若是在几个小时以前，仅凭这一个不利条件，就足以抵消它可能具备的一切有利条件，但目前它却成了最为可取之处。搬出诺兰一带不再是不幸的事情，而是成为一心想往的目标，与继续寄人篱下，忍受儿媳的窝囊气相比，这简直是一件幸事。诺兰庄园纵然是个可爱的地方，但是有这样一个女人在这里做主妇，能永远离开还是比住在这里更少些痛苦。她当即给约翰·米德尔顿写信，感谢他的好意，并且接受了他的建议。然后，她急忙将两封信拿给女儿们看，以便在发信前先征得她们的同意。

埃丽诺素来觉得，为了谨慎起见，她们还是离开诺兰庄园远些，而不要夹在目前这帮人中间。因此，基于这一点，她没有反对母亲准备搬到德文郡的打算。另外，从约翰爵士的信里看，那幢房子比较简陋，房租低得出奇，使她没有理由加以反对。因此，虽然这不是一项令她为之神往的计划，虽然她并不愿意离开诺兰庄园一带，但她还是没有试图阻止母亲把那封表示赞同的信发出去。

第五章

达什伍德太太一发出回信，就喜不自禁地向儿子儿媳宣布：她已经找到了房子，一旦做好迁居准备，就不再打扰他们了。他俩听她这么一说，不禁吃了一惊。约翰·达什伍德夫人没有吭声，她丈夫倒挺客气，说他希望迁居的地方不要离诺兰庄园太远。达什伍德太太洋洋得意地回答说，她要搬到德文郡。爱德华一听这话，连忙把脸转向她，带着惊讶而关切的口气（这并不出她所料），重复了一声："德文郡，你真的要去那儿？离这儿这么远。去德文郡什么地方？"达什伍德太太说明了地点，就在埃克塞特以北不到四英里的地方。

"那只是个乡舍，"她接着说道，"不过我希望能在那里接待我的许多朋友。这幢房子可以很容易地再增加一两个房间。如果我的朋友们能毫无困难地远道赶来看我，我一定会毫无困难地给他们安排住处。"

最后，她非常客气地邀请约翰·达什伍德夫妇去巴顿作客，还一片深情地向爱德华提出邀请。虽然她最近与儿媳的一次谈话促使她打定主意：除非万不得已，否则决不在诺兰庄园多呆一天，但是那次谈话中儿媳的主要意向却对她丝毫没有影响。同以往一样，她这次搬家的目的决不是为了要把爱德华和埃丽诺分开，她想通过针锋相对地邀请爱德华，向约翰·达什伍德夫人表明："你尽管反对这门亲事好了，我压根儿不买你的账！"

约翰·达什伍德先生三番五次地对继母说：她在距离诺兰庄园这么远的地方找了座房子，叫他不能为她搬运家具效力，真是不胜遗憾。此时，他良心上的确感到不安，他已经把履行对父亲的诺言局限在帮帮忙这一点上，想不到这样一来，连这点忙也帮不上了。家具全部由水路运走。主要的东西有家用亚麻台布、金银器皿、瓷器、书籍，以及玛丽安的漂亮钢琴。约翰·达什伍德夫人眼看着东西一包包地运走了，不觉叹了口气。达什伍德太太的收入与他们的相比，是微乎其微的，可她竟然能有这么漂亮的家具，怎么能叫她不觉得难受呢？

这座房子，达什伍德太太租用一年，里面陈设齐全，她马上就可以住进去。双方在协议中没有遇到任何困难。达什伍德太太只等着处理掉她诺兰庄园的财物，确定好将来家里用几个仆人，然后再启程西迁。因为她对自己关心的事处理起来极其迅速，所以很快就办妥了。她丈夫留下的马匹，在他死后不久就卖掉了。现在又出现一个处理马车的机会，经大女儿恳切相劝，她也同意卖掉。若是依照她自己的愿望，为了使孩子们过得舒适，她还是要留下这辆马车，怎奈埃丽诺考虑周到，只好依了她。也是依照埃丽诺的明智想法，她们还把仆人的数量限制到三个——两个女仆，一个男仆，都是从她们在诺兰庄园已有的仆人中很快挑选出来的。

那位男仆和一位女仆当即被差往德文郡，收拾房子迎接女主人。因为达什伍德太太与米德尔顿夫人素昧平生，她宁肯立即住进乡舍，而不愿到巴顿庄园作客。约翰爵士将房子描述过了，对此她深信不疑，无心再去亲自查看，等搬进去再说吧。她要离开诺兰庄园的心情越来越迫切。明摆着，那位儿媳眼见她要搬家了，不禁得意扬扬，那股得意劲儿，即使在冷冰冰地请她推迟几天再走的时候，也不加掩饰。现在该是约翰，达什伍德妥善履行对父亲的诺言的时候啦。既然他初来诺兰庄园时没有尽到责任，现在她们行将离开他的家，也许是他履行诺言的最好时机。但是，达什伍德太太很快就死了这个心，她从他的话音里听得出来，他所谓的帮助只不过是让她们在诺兰庄园寄住了六个月。他成天喋喋不休，什么家庭开支越来越大呀，什么要花钱的地方没完没了呀，什么不管多么显要的人物也面临着无可估量的花销问题呀，听起来，他自己似乎需要更多的钱财收入，而决不想往外送钱。

约翰·米德尔顿爵士写给诺兰庄园的头一封信收到后不过几个星期，达什伍德母女的新居便料理停当了，于是她们可以启程了。

最后向如此可爱的地方告别，母女们可没少流眼泪。“亲爱的诺兰庄园:”离别前的头天夜里，玛丽安在房前独自徘徊，边走边说。“我什么时候能不留恋你呢？什么时候能安心于异土他乡呢？哦，幸福的家园！你知道我现在站在这儿打量你有多么痛苦，也许我再也不能站在这儿打量你啦！还有你们，多么熟悉的树木，你们将依然如故。你们的叶子不会因为我们搬走了而腐烂，你们的枝条不会因为我们不能再观看了而停止摇动！那是不会的，你们将依然如故，全然不知你们给人们带来的是喜是哀，全然不知在你们阴影下走动的人们发生了什么变化！可是，谁将留在这儿享受你们给予的乐趣呢？”

第六章

旅途开头一段，大家心情抑郁，只觉得道路漫长，索然无味。但是，临近终点的时候，一看到马上就要居住的乡间，兴致就冒了出来，沮丧的情绪顿时被压了下去。而一走进巴顿山谷，大家便都情不自禁地兴奋起来。这地方景色宜人，土质肥沃，林木茂密，牧草丰盛。沿着蜿蜒的山谷走上一英里多路，便来到她们的家，屋前只有个绿茵小院，她们母女几个穿过一道整齐的小门，走进院里。

巴顿乡舍作为一所住宅，尽管太小，倒也舒适紧凑。不过作为一座乡舍，却有不少缺陷，因为房子造得太正规，房顶铺瓦，窗板没有漆成绿色，墙上也没有爬满忍冬花。一条狭窄的穿堂过道，直通屋后的花园。过道两旁各有一间客厅，约略十六英尺见方，客厅向里是下房和楼梯。构成小楼其余部分的，是四间卧室和两间阁楼。房子盖好不多年，修缮得很好。同诺兰的住宅相比，的确显得寒碜、矮小！但是，她们马上擦干了刚进屋时勾起的辛酸眼泪。仆人见主人来了，一个个喜气洋洋，主人也跟着乐了。各人都看在别人的份上，硬是装出高高兴兴的样子。现在是九月初，正赶上好时节。多亏老天作美———天气晴朗，她们初次见到这个地方，就留下了良好的印象，这对于促使她们长久喜爱这个地方，起到了巨大的作用。，

房子的位置选得恰到好处。紧靠屋后，山峦耸立；左右不远，也有峰峦依傍；群山之中，有的是开阔的高地，有的是耕地和林带。巴顿村大致

建在一座山上，立在乡舍窗口举目远眺，景色十分宜人。房舍正面，视野尤为开阔，整个山谷一览无余，目力所及，直达远处乡间。山谷绵延到乡舍跟前，终于被三面环抱的山峦截断；但是在两座最陡峭的山峦之间，沿另一方向，岔出一条另有名目的支谷。

整个说来，达什伍德太太对房子的大小和陈设还是满意的。因为她虽然习惯了先前的生活方式，以后少不得要添这置那的，然而添置和修缮对她是一种乐趣。眼前她倒有足够的现钱，可以把一个个房间装潢得更漂亮些。“至于房子本身嘛，”她说，“的确是太小了，我们一家人住不下，不过岁时已晚，来不及改建，暂且凑合着也够舒服的了。也许到了春天，如果我手头宽裕的话（我想一定会宽裕的），咱们再考虑改建的事儿。我希望经常邀请朋友们来这里聚会，可是这两间客厅太小了。我有点想法，准备把一间客厅扩大，加进走廊，也许再加进另一间客厅的一部分，而把那间客厅的余下部分改作走廊。这么一来，再有一间新客厅（这很容易增加），一间卧室和阁楼，就能把我们的小乡舍安排得小巧精当、舒舒服服。我本来还想把楼梯修得漂亮些，但是人不能期望一口吃成个胖子，虽然把它加宽一下没有什么难处。到了春天，我还要看看手头有多少钱，然后根据情况来计划我们的装潢修缮。”

一个妇女，一生从未攒过钱，现在居然要从一年五百镑的收入中攒钱完成所有这些改修工作。在改修工作没有完成之前，她们倒明智地认为，就按现在的样子，这房子也满不错了。她们都在各忙各的私事，在四周摆上自己的书籍等物，以便给自己建个小天地。玛丽安的钢琴给拆了包，放在恰当的位置。埃丽诺的图画挂在客厅的墙壁上。

第二天早饭后不久，正当母女们如此这般忙碌不停的时候，房东登门拜访来了。他欢迎她们来到巴顿，眼前如有短缺不便之处，从他邸园里可以提供一切方便。约翰·米德尔顿爵士是个四十来岁的美男子。他以前曾去过斯坦希尔，不过那是很久以前的事，他那几位年轻的表侄女记不得他了。他和颜悦色，那风度就像他的信一样亲切友好。看来，她们的到来使他感到由衷的高兴，她们的舒适成为他深为关切的问题。他一再表示，诚挚地希望他们两家能亲密相处，热忱地恳求她们在安顿好之前，每天到巴顿庄园用餐。他一个劲地恳求着，简直到了有失体统的地步，但是并不会惹得对方生气。他的一片好心不光挂在嘴皮上，他走后不到半个钟头，就打发人从巴顿庄园送来一大篮子蔬菜水果，天黑之前又送来些野味。此外，他执意要替她们往邮局送取来往信件，还乐于把自己的报纸每天送给她们看。

米德尔顿夫人托丈夫捎了个十分客气的口信，表示愿意在她确信不会给她们带来不便的时候，立即来拜访达什伍德太太。作为回答，达什伍德太太同样客气地提出了邀请，于是，这位夫人第二天就被引见给达什伍德母女。

当然，她们很想见见她，因为她们以后能否在巴顿过上舒适日子，在很大程度上有赖于她，她的光临正合她们的心愿。米德尔顿夫人不过二十六七岁，脸蛋俊俏，身材苗条，仪态妩媚动人。她丈夫缺少的优雅举止，她倒一应俱全。不过，她若是多少具备几分她丈夫的坦率和热情，举止还会显得更加优雅。但她呆的时间一长，达什伍德母女就不像开头那样对她赞羡不已了。因为她虽然受过良好的教养，但却不苟言笑，冷冷淡淡，除了极其简单地寒响几句之外，别无他话可说。

不管怎样，话儿还是没有少说，因为约翰爵士喜好闲聊，而且米德尔顿夫人也有先见之明，带来了她的大孩子。他是个六岁上下的小男孩，这就是说，一旦谈话陷入僵局，他可以成为太太小姐们反复提及的话题。因为大伙儿少不得总要问问他叫什么名字，今年几岁啦，称赞称赞他的美貌，然后再提些别的问题，不过统统都得由母亲代为回答。出乎米德尔顿夫人意料之外，这孩子紧紧偎依在她身旁，一直低着头。她不由的纳闷：他在家里还大吵大闹的，到了客人面前怎么这样羞羞答答。每逢正式探亲访友，为了提供谈话的资料，人们该带上孩子一同前往。现在，大伙儿足足用了十分钟，谈论这孩子究竟像父亲还是像母亲，以及具体地在哪些地方像哪个人。当然，大家的看法很不一致，各人都对别人的看法表示惊讶。

过不多久，达什伍德母女就会有机会对客人的另外几个孩子展开一场争论，因为约翰爵士得不到她们同意第二天去巴顿庄园用餐的许诺，说什么也不肯离去。

第七章

巴顿庄园离乡舍约半英里。达什伍德母女沿山谷进来时，曾从它近前走过，但是从家里望去，却被一座山峰遮断了视线。那座房子高大美观，米德尔顿夫妇保持着一种好客、高雅的生活气派。好客是为了满足约翰爵士的愿望，高雅则是为了满足他夫人的愿望。他们家里几乎随时都有朋友在作客。他们的客人各种各样，比方圆左近谁家的都多。这事关系到两人的幸福，实在不可缺少，因为他们不管在性情和举止上多么不同，但在缺乏天资和情趣这一点上却极其相似。因此，他们只好把自己的职业（这同社会上的职业毫无联系）局限在一个非常狭小的天地。约翰爵士喜好打猎，米德尔顿夫人专当妈妈。一个追捕行猎，一个哄逗孩子，这是他们仅有的能耐。对米德尔顿夫人有利的是，她可以一年到头地娇惯孩子，而约翰爵士只有一半时间进行独立活动。不过，里里外外的不断忙碌倒弥补了天赋和教育上的一切不足，一方面使约翰爵士精神振奋，一方面使他妻于在教养子女上大显身手。

米德尔顿夫人素以做得一手好菜和善于料理家务为荣，出于这种虚荣心，她才对家里举行的每次宴会感到其乐无穷。不过，约翰爵士对社交活动的兴致却真诚多了。他喜欢招来一大帮年轻人，屋里都容纳不下，他们越吵闹，他越觉得高兴。他成了附近青少年一代的福星，因为一到夏天，他就接连不断地把大伙儿聚集起来，在室外吃冷冻火腿和烧鸡；到了冬天，他的家庭舞会多得不计其数，对于年轻姑娘来说，只要不是百跳不厌的十五岁少女，谁都会感觉心满意足。

乡里新来了一户人家，这对约翰爵士总是一件喜幸事儿。不管从哪个角度看，他给巴顿乡舍招来的新房客都使他着迷。三位达什伍德小姐年轻漂亮，毫不做作，这就足以博得他的好评，因为不屑做作正是年轻姑娘所缺乏的东西，装腔作势使其心灵不能像外貌一样具有魅力。爵士性情善良，每逢谁遭到不幸，总是提供方便。因此，能对几个表侄女表明一番好意，使他感到一个好心人的由衷喜悦；而能让一家女眷住进他的乡舍，却又使他感到一个行猎爱好者的由衷喜悦。因为对于一个行猎爱好者来说（虽然他只敬佩那些与他属于同一性别、也爱好打猎的人们），他并不是经常愿意把女人们引进自己的庄园居住，纵容她们得寸进尺。

约翰爵士在门口迎接达什伍德母女，真诚地欢迎她们光临巴顿庄园。他陪着客人步入客厅，一再向几位小姐表示，没有找来几位漂亮小伙子来欢迎她们，他深感不安；前一天，这个问题已经引起了他的不安。

他说，除他之外，她们在这里只能见到一位男客。这是他的一位特别要好的朋友，现在就住在他的宅第里，不过他既不年轻，也不活跃。宾客这么少，希望小姐们见谅，并且向她们保证：以后决不会再发生类似情况。那天上午，他跑了好几家，想多拉几个人来，怎奈今宵是月明之夜，大家都有约会。幸运的是，米德尔顿夫人的母亲才来到巴顿不久。她是个非常快乐、非常和蔼的女人，爵士希望小姐们不会像她们想象的那样感到枯燥无味。几位小姐和她们的母亲见席上有两位素不相识的客人，也就心满意足，并没有别的奢望。

米德尔顿夫人的母亲詹宁斯太太是个上了年纪的女人，性情和悦，体态肥胖。她唠唠叨叨地说个不停，看样子很开心，也相当粗俗。她很能说笑话，自己也跟着哈哈大笑。到晚饭结束时，她已经情人长、情人短地说了不少俏皮话。她希望小姐们没把自己的心上人留在苏塞克斯，还假装看见她们羞红了脸，也不管是否真有其事。玛丽安为姐姐抱不平，感到十分恼火。她将目光转向埃丽诺，想看看她如何忍受这番攻击，谁想埃丽诺看见妹妹那副一本正经的神气，比听到詹宁斯太太那陈腐不堪的戏谑还感觉痛苦。

从风度上看，客人布兰登上校似乎并不适合做约翰爵士的朋友，就如同米德尔顿夫人不适合做他的妻子、詹宁斯太太不适合做米德尔顿夫人的母亲一样。他沉默严肃，不过外貌倒不令人讨厌，尽管玛丽安和玛格丽特认为他一定是个老光棍，因为他已经过了三十五岁。虽说他的面孔不算漂亮，却显得神情明善，颇有绅士气派。

这伙人中，哪一位也没有任何与达什伍德母女志趣相投之处。不过，米德尔顿夫人过于阴沉，让人反感至极，相形之下，严肃的布兰登上校、兴高采烈的约翰爵士及其岳母，倒还有趣一些。米德尔顿夫人好像只是饭后见她四个孩子吵吵嚷嚷地跑进来，兴致才高起来。这些孩子把她拖来拖去，扯她的衣服，于是，大伙除了谈论他们，别的话题全部停止。

到了晚上，人们发现玛丽安很有音乐才能，便邀请她当场表演。钢琴打开了，大家都准备陶醉一番，玛丽安的歌喉非常优美，在众人的要求下，她演唱了乐谱里最动听的几首歌曲。这些乐谱都是米德尔顿夫人出嫁时带来的，后来放在钢琴上可能一直没有挪动过，因为米德尔顿夫人为了庆贺她的婚姻大事，便放弃了音乐。不过，照她母亲的话说，她弹得好极了；照她自己的话说，她非常喜爱音乐。

玛丽安的演唱受到热烈欢迎。每演唱完一支歌曲，约翰爵士便高声赞叹，而在表演的过程中，他又和人高声交谈。米德尔顿夫人一次次地叫他安静，不知道他听歌曲怎么能有哪怕是片刻的分心，而她自己却要求玛丽安演唱一支刚刚唱完的歌曲。宾主之间，唯独布兰登上校没有听得欣喜若狂。

上校只是怀有敬意地听着；玛丽安当时对他也深表尊敬，因为其他人表现出来的庸俗趣味，理所当然地失去了她的敬意。上校对音乐的爱好虽然没有达到着迷的程度，没有与她自己等同，但是与其他人的麻木不仁相对照，却显得十分难能可贵。玛丽安非常通情达理地认为，一个三十五岁的男人可能早已失去了感情的敏锐性和对欢乐的强烈感受。她完全可以理解上校的老成持重，这是人类所必需的。

第八章

詹宁斯太太是个寡妇，丈夫临死时给她留下一大笔遗产。她只有两个女儿，已亲眼看着她们嫁给了体面人家，于是现今闲着无事可做，只好给人家说亲。她撮合起这种事情，只要力所能及，总是热情满怀，劲头十足，只要是她认识的青年人，从不错过一次说媒拉纤的机会。她的嗅觉异常灵敏，善于发现儿女私情，而且专爱暗示谁家小姐迷住了某某公子，逗得人家满脸通红，心里飘飘然。她凭借这双慧眼，刚到巴顿不久，便断然宣布：布兰登上校一心爱上了玛丽安·达什伍德。

头天晚上在一起时，从他聚精会神听她唱歌的那副神情看，她就颇为怀疑情况如此。后来米德尔顿夫妇到乡舍回访时，他又一次全神贯注地听她唱歌，事情便确定无疑了，事情肯定加此。她有百分之百的把握。这将是一起天设良缘：男的有钱，女的漂亮。自从在约翰爵士家第一次认识布兰登上校以来，詹宁斯太太就急于想给他找个好太太。同时，她又总是急于想给每个漂亮姑娘找个好丈夫。

当然，她自己也可直接占到不少便宜，因为这为她戏弄他们两人提供了无穷无尽的笑料。她在巴顿庄园嘲笑布兰登上校，到了乡舍便嘲弄玛丽安。对于前者，她的戏弄只牵涉到他一个人，因而他也毫不在乎。

但是对于后者，她的嘲弄起先是莫名其妙的，后来弄清了是针对谁的，玛丽安真不知道是该嘲笑这事的荒谬，还是责难它的欠妥。她认为这是对上校上了年纪和孤苦伶灯的单身汉处境的无情捉弄。

达什伍德太太很难想象，一个比她自己年轻五岁的男人，在她女儿那富于青春活力的心目中，会显得何等苍老，于是便大着胆子对詹宁斯太太说：她不该拿上校的年龄取笑。“体衰！”埃丽诺说。“你说布兰登上校体衰？不难想象，他的年龄在你看来比在母亲看来要大得多，不过你总不能自欺欺人地说他手脚不灵吧！”

“你没听他说有风湿病吗？难道这不是最常见的衰老症？”

“我最亲爱的孩子，”她母亲笑着说，“照这么说，你一定在不停地为我的衰老而感到心惊胆战啦。在你看来，我能活到四十岁的高龄一定是个奇迹吧。”

“妈妈，你曲解了我的意思。我知道，布兰登上校还没老到使他的朋友们现在就担心会合乎自然地失去他，他可能再活二十年。但是到了三十五岁就不该考虑结婚。”

“也许，”埃丽诺说道，“三十五岁和十七岁最好不要结成姻缘。不过，万一有个女人到了二十七岁还是独身，我看布兰登上校若是想要娶她为妻，三十五岁总不该成为障碍吧。”

过了一会儿，玛丽安说道：“一个二十七岁的女人决不可能春心复萌，或者惹人动情。她若是家境不好，或者财产不多，认为做妻子可以不愁生计，并且生活得安稳些，说不定会甘愿去尽尽保姆的职责。因此，娶这样一个女人，并没有什么不妥之处。这是一项实惠的协定，大家都感到称心如意。在我看来，这根本算不上婚姻，不过这也无关紧要。对我来说，这似乎只是一种商品交换，双方都想损人利己。”

“我知道，”埃丽诺回答说，“不可能让你相信，一个二十七岁的女人可以对一个三十五岁的男人产生一定的爱情，使他成为自己的理想伴侣。但是我不赞成你把布兰登上校看死了，仅仅因为他昨天（一个潮湿的大冷天）偶尔抱怨了一声，说一只肩膀略有点风湿病的感觉，便认为他和他妻子注定要永远关在病室里。”

“可他说起了法兰绒马甲，”玛丽安说，“在我看来，法兰绒马甲总是与疼痛、痉挛、风湿以及老年体弱人所患的种种病症联系在一起的。”

“他只要发一场高烧，你就不会这么瞧不起他了。坦白地说，玛丽安，你不感到发烧时的红脸颊、眍眼睛、快脉搏也很有趣吗？”

说完这话，埃丽诺便走出了房间。“妈妈，”玛丽安说道，“我对疾病抱有一股恐惧感，没法向你隐瞒。我敢肯定，爱德华·费拉斯身体不好。我们来这儿都快两个星期了，可他还不来。只有身体不好，才会使他拖延这么许久。还有什么事情能把他耽搁在诺兰庄园呢？”

“你认为他会来得这么快？”达什伍德太太说。“我并不这么想。正相反，如果说我对这件事有点担忧的话，那就是我记得当初邀请他来巴顿作客时，他有时接受得不够痛快。埃丽诺是不是已经在盼他来了？”

“我从没和她提起这件事。不过，她当然在盼。”

“我倒是认为你想错了。昨天我和她说起：想给那间空卧室安个炉子，她说现在不急，那间屋子可能一时还用不着。”

“这就怪啦！这是什么意思呢？不过，他们两人之间的态度也真叫人不可思议！他们最后告别的时候有多么冷淡，多么镇静啊！他们最后聚会的那天晚上，说起话来多么无精打采啊！爱德华道别时，对埃丽诺和我不加区别，都像亲兄长的地祝愿一声。最后一天早晨，我有两次故意把他们两人抛在屋里，可是不知道怎么搞的，他两次都跟着我走了出来。而埃丽诺在离别诺兰庄园和爱德华时，还不及我哭得厉害。直到如今，她还一个劲地克制自己。她什么时候沮丧过？什么时候忧伤过？她什么时候想回避跟别人交往？在交往中，她什么时候显出烦躁不安过？”

第九章

达什伍德家母女在巴顿定居下来，日于过得还算舒适。房屋、花园以及周围的一草一木都熟悉了，原先给诺兰庄园带来一半魅力的那些日常消遣，现今在这里也都恢复起来。自从父亲下世以后，诺兰庄园一直没有使她们这么快乐过。约翰·米德尔顿爵士在头半个月里天天都来拜访。他在家里清闲惯了，见她们总是忙忙碌碌的，不禁大为惊奇。

达什伍德家的客人除了巴顿庄园一家人，来自别处的并不多。虽然约翰爵士一再恳请她们多与左近邻舍交往，并且一再保证她们可以随时使用他的马车，怎奈达什伍德太太禀性好强，只能委屈女儿们少与外人来往。凡是步行所不能及的人家，她一概拒不走访。其实，属于这种情况的人家本来就寥寥无几，何况还不都是能拜访得成的。一次，小姐们才到不久，出去散步，顺着弯弯曲曲的艾伦汉峡谷漫步走去（前面提到，这就是从巴顿村分出的那条支谷）。在离乡舍大约一英里半的地方，发现一幢古老气派的大宅第。这座宅第多少使她们想起了诺兰庄园，激起了她们的兴趣和遐想，情不自禁地想仔细瞧瞧。谁知一打听，才知道房主是个性情和悦的老太太，不幸的是，她体弱多病，不能与世交往，从来不出家门。

整个乡间，曲径交错，景致优美。一座座高耸的山冈，从乡舍的窗口望去十分诱人，小姐们禁不住想攀登上去寻幽探胜。又见谷中灰尘弥漫，绮丽的景色尽被遮断，只有爬上山顶，才能尽情领略。一个难以忘怀的早晨，玛丽安和玛格丽特迈步向一座山上爬去。她们深为透过阵雨洒下的阳光之美所吸引。同时，两天来阴雨连绵，一直把她们关在家里，憋得实在受不了。不过，尽管玛丽安声称当天全天见晴，乌云就要从山顶上驱散，这天气还是无力把妈妈和姐姐吸引出来，她们依然是画画的画画，看书的看书。于是，两位小姐就一块出来了。

她们兴高采烈地往山上爬去，每次瞥见蓝天，都为自己的先见之明而感到高兴。一股令人振奋的强劲的西南风迎面扑来，两人不由得为母亲和埃丽诺顾虑重重、未能来分享她们的快乐而感到惋惜。

“天下还有比这更开心的吗?”玛丽安说。“玛格丽特，我们起码要在这儿溜达两个小时。”

玛格丽特欣然同意。两人顶风前进，嘻嘻哈哈地又走了大约二十分钟。骤然间，头上乌云密布，倾盆大雨劈头盖脸地泼洒下来。两人又恼又惊，只好无可奈何地往回转，因为附近没有比她们家更近的避雨处。不过，她们还有个聊以自慰的地方：在这紧急关头，也是显得异常得当的，她们可以用最快的速度跑下陡峭的山坡，径直冲到她们的花园门口。

两人起跑了。玛丽安起先跑在前头，谁想冷不防给绊倒了。玛格丽特想停下来去扶她，却怎么也煞不住脚，身不由己地冲了下去，平安地到达山底。

就在玛丽安出事的当儿，凑巧有个男子端着一支抢，领着两只猎犬，朝山上爬去，离玛丽安不过几码远。他放下抢，跑过去扶她。玛丽安从地上爬起来，不料脚给摔扭了，根本站不起来。那男子上来搀她，发现她出于羞怯，不肯让他帮忙，但事不宜迟，他还是把她抱起来，送下了山，然后穿过花园（玛格丽特进来时没有关门），将她径直抱进屋里。这时，玛格丽特也刚刚进来。那男子把玛丽安放在客厅的一张椅子上坐稳，然后才松开手。

埃丽诺和母亲一见他们进来，便都惊愕地站了起来。两人目不转睛地盯着那男子，对他的出现明里表示诧异，暗里表示赞叹。那男子对自己的贸然闯入，一面表示歉意，一面陈述理由，态度诚挚大方。人本来就非常英俊，再听那声音，看那表情，更增添了几分魅力。即令他又老又丑，俗不可耐，达什伍德太太就凭他救护女儿这一点，也会对他感激不尽，竭诚相待，何况他年轻貌美，举止文雅，使她对他的行为越发叹赏不绝。

她几次三番地向他道谢，并且带着她那素有的亲切口吻，请他坐下。不过，这被他谢绝了，因为他浑身又脏又湿。随后，达什伍德太太请问他的姓名，他说他姓威洛比，现在住在艾伦汉，希望能赏光，允许他明天来向达什伍德小姐问安。达什伍德太太欣然同意，随即他便冒着大雨告辞，这就使他更加惹人喜爱。

威洛比的堂堂仪表和不凡风度立即成为全家交口称赞的主题，她们取笑他对玛丽安过于殷勤，特别是一想起他那迷人的外表，便更加嗤笑不已。玛丽安对他不如别人看得仔细，因为她一被他抱起，就羞得满脸通红，进屋后哪里顾得上去仔细打量他。不过，她也看了个大概，便跟着众人一起大加赞赏，而且总是那么起劲。他的人品风度堪与她想象中的故事里的英雄人物相媲美。他能事先不拘礼节地把她抱回家，可见真够当机立断的，这就使她特别称赞他的行为。他一切的一切都很有趣。他的名字动听，住在她们最喜爱的村庄里。玛丽安很快发现，在所有的男式服装中，就数狩猎夹克最神气。她浮想联翩，心里不觉喜滋滋的，早把脚踝的伤痛抛到九霄云外。

这天上午，天一放晴，约翰爵士便上门拜访来了。她们一边给他讲述玛丽安的意外遭遇，一边迫不及待地询问他是否认识艾伦汉一个姓威洛比的先生。

"威洛比，"约翰爵士大声叫道，"怎么，他在乡下？不过，这是个好消息。我明天就坐车去找他，请他星期四来吃晚饭。"

"这么说，你认识他？"达什伍德太太问道。

"认识他！当然认识。噢，他每年都到这里来。"

"他是个什么样的青年？"

"他的确是个好小伙子，要多好有多好。一个百发百中的神枪手，英格兰没有比他更勇敢的骑手。"

"你对他就能说这些？"玛丽安忿忿地嚷道。"他与人相熟以后态度怎么样？有什么爱好、特长和才能？"

约翰爵士愣住了。

"说实话，"他说，"我对他这些方面不太了解。不过，他是个可爱、快活的小伙子，养了一只黑色的小猎犬，我从未见过那么可爱的小猎犬。他今天把它带出来了吗？"

就像约翰爵士说不清威洛比的智能状况一样，玛丽安也不能令人满意地告诉他那只猎犬的颜色。

"可他是个什么人？"埃丽诺问道。"他是哪里人？在艾伦汉有房子吗？"

在这一点上，约翰爵士可以提供比较确凿的情报。他对她们说：威洛比先生在乡下没有自己的资产，他只是来探望艾伦汉大院的老太太，在那里住几天，他与老太太沾点亲，以后要继承她的财产。然后又补充说“是的，达什伍德小姐，老实跟你说吧，他很值得追求。除了这里，他在萨默塞特郡还有一座小庄园。假若我是你的话，决不把他让给妹妹，尽管他们一起滚下了山。玛丽安小姐别想独霸所有的男人。她若是不当心，布兰登会吃醋的。”

达什伍德太太和颜悦色地笑了笑，然后说道，“我相信，我的女儿不会像你说的那样去追求威洛比先生，使他为难。她们从小没有受过这种训练。男人不用害怕我们，让他永远做有钱人去吧。不过，我从你的话里高兴地得知，他是个体面的年轻人，还可以结识一下。”

“我认为他是个要多好有多好的小伙子，”约翰爵士重复说道，“我记得去年圣诞节，在巴顿庄园的一次小舞会上，他从晚上八点一直跳到凌晨四点，一次也没坐下来。”

“真的吗？”玛丽安大声喊道，眼里闪闪发光。“而且还优雅自若，精神抖擞？”

“是的。而且八点钟就起来了，骑马去狩猎。”

“我就喜欢这样。青年人就该是这个样子，不管爱好什么，都应该如饥似渴，孜孜不倦。”

“啊，啊，我明白了，”约翰爵士说，“我明白了。你现在要去追求他啦，从此再也不想可怜的布兰登了。”

“约翰爵士，”玛丽安气冲冲地说道，“我特别不喜欢你那个字眼。我讨厌人们用陈腐不堪的字眼来戏谑人。‘追求’一个人也好，‘征服’一个人也好，都令人恶心透顶。这种说法越来越显得粗俗不堪。如果说它们一度还称得上巧言妙语的话，那么久而久之，其巧妙之处早就丧失殆尽。”

约翰爵士听不懂这番指责是什么意思。不过，他还是开心地笑了，好像他听懂了似的。然后，他回答说：

“是呀，不管怎么说，你肯定会征服不少人。可怜的布兰登！他已经受到了沉重的打击。我可以告诉你，他是非常值得你去追求的，尽管发生了这起跌跌撞撞扭伤脚踝的事件。”

第十章

玛丽安的救命恩人（这是玛格丽特对威洛比言过其实的尊称），第二天一早即来登门问安。达什伍德太太对他的接待不仅彬彬有礼，而且和蔼可亲，这是约翰爵士美言的结果，也出自她自己的感激之情。威洛比在拜访期间所见到的一切，都使他确信：他意外结识的这家人通情达理，举止文雅，相亲相爱，安安逸逸。对于她们的妩媚动人，他无需进行第二次访问，便深信不疑。

达什伍德小姐面色娇嫩，眉目清秀，身段袅娜。玛丽安长得还要漂亮。她的身材虽说不及她姐姐来得匀称，但她个子高，显得更加惹人注目。她的面孔十分漂亮，若是用一般的俗套来赞扬她，说她是个美丽的少女，倒不会像通常那样纯属阿谀逢迎，与事实相去甚远。她的皮肤黝黑，但是半透明似的，异常光润；她眉清目秀，微笑起来甜蜜蜜的，十分迷人；她眼珠乌黑，机灵、神气、热切，谁见了都会喜爱。但在一开始，她还不敢向威洛比传送秋波，因为一想起他抱她回家的情形，就觉得十分难为情。当这种感觉消释了，当情绪镇定下来，她看到他由于受到完美的绅士教养，显得既坦率又活泼，尤其重要的是，她听他说，他酷爱音乐和舞蹈，这时，她向他投出了赞赏的目光。于是，他来访的后半段时间，绝大部分是用来同她攀谈。

你要跟玛丽安搭话，只消提起一项她所喜爱的娱乐活动就足够了。一触及这样的话题，她就沉默不住了，谈起话来既不腼腆，也不顾忌。他们迅即发现，两人都爱好音乐和舞蹈，而且这种爱好还起因于他们对两者完全一致的见解。为此，玛丽安大受鼓舞，便想进一步考察一下他的观点。她问起他的读书情况，搬出了她最喜爱的几位作家，而且谈得眉飞色舞。一个二十五岁的青年人不管以前多么漠视读书，如今面对如此优秀的作品还不赶紧顶礼膜拜，那一定是个十足的傻瓜。他们有着惊人相似的兴趣。两人崇拜相同的书籍、相同的段落，即使出现差别和异议，只要经她一争辩，眼睛一亮闪，也都烟消云散。凡是她所决定的，他都默认；凡是她所热衷的，他都喜爱。早在访问结束之前，他们就像故友重逢似的亲切交谈着。

“玛丽安，”威洛比刚走，埃丽诺便说，“你这一个上午干得很有成绩呀！几乎在所有重大问题上，你都已经摸清了威洛比先生的见解。你知道了他对考柏和司各特的看法，确信他对他们的优美诗篇作出了应有的评价。你还绝对相信他对波普的赞赏是恰如其分的。不过，照这样奇特的速度了结一个个话题，你们怎么能够持久地交往下去！不用多久，你们最喜爱的话题都会一个个谈尽说完。再见一次面就能把他对美景和再婚的看法解说清楚，以后你就没有东西好问了——”

“埃丽诺，”玛丽安嚷道，“这样说公平吗？合理吗？我的思想就这么贫乏？不过，我明白你的意思。我一直太自在，太快活，太坦率了。我违背了拘泥礼节的陈腐观念！我不该那么坦率，那么诚挚，而应该沉默寡言，无精打采，呆头呆脑，虚虚掩掩。我假若只是谈谈天气马路，而且十分钟开一次口，那就不会遭此非难。”

“我的乖孩子，”她母亲说，“你不该生埃丽诺的气——她不过是开开玩笑。她要是真想阻止你和我们新结识的朋友快乐地交谈，我还要骂她呢。”顿时，玛丽安又变得心平气和了。

再看看威洛比。他处处表明，能结识她们委实使他感到荣幸。显而易见，他热切希望进一步改善这种关系。他每天都来登门拜访。起先，他以问候玛丽安为借口。但是，她们一天天待他越来越亲切，使他深受鼓舞，没等玛丽安的身体完全复原，这种借口已经大可不必了。玛丽安在屋里关了几天，但是从来没有关得这样少有烦恼。威洛比是个十分精干的小伙子，他思路敏捷，精力旺盛，性格开朗，感情充沛。他有这样的气质，正中玛丽安的心意；因为他把这些气质不仅和他那副迷人的仪表，而且和他那颗火热的心结合了起来。这颗心如今为玛丽安的心所激励，变得更加火热，博得了她的无比钟情。

和他在一起逐渐成为她的最大乐趣。他们一起读书，一起交谈，一起唱歌。他有相当高的音乐才能，读起书来也充满感情，富有生气，这正是爱德华不幸所缺少的。

威洛比在达什伍德太太眼里和在玛丽安眼里一样，也被视为完美无缺。埃丽诺觉得他没有什么可以非议的地方，只是他有个同她妹妹十分相似、因而使妹妹特别喜爱的倾向，这就是在任何时候，对自己的想法谈论得太多，不看对象，不分场合。他爱对别人匆忙下结论，注意力一旦被什么东西吸引住了，便专心致志地尽情欣赏，连通常的礼貌都不顾了；本来是一些符合人情世故的礼仪，他也动辄加以蔑视。处处表明他办事不够谨慎小心。对此，尽管威洛比和玛丽安极力进行辩护，埃丽诺还是不能赞同。

玛丽安现在开始领悟到：她十六岁半就产生一种绝望情绪，认为一辈子也见不到一个使她称心如意的理想男人，这未免过于轻率，毫无道理。无论是在那不幸的关头，还是在每个快乐的时刻，威洛比都是她理想中的完人，能够引起她的爱慕。而且他的行为表明，他在这方面的愿望是热切的，能力是超群的。

她母亲起先没有因为威洛比将来要发大财，便盘算让他和玛丽安结婚。可是过了不到一个星期，她也随着产生了希望和期待之心，并且暗暗庆幸自己找到爱德华和威洛比这样两个好女婿。

布兰登上校对玛丽安的爱慕最早是被他的朋友们发现的，现在这些人注意不到了，却第一次被埃丽诺察觉出来了。大伙儿的注意力和插科打诨都转移到他那位更加幸运的情敌身上了。上校还没产生爱慕之心之前招来了别人的戏谑，而待他果真产生了感情，该当受人嘲弄的时候，却得到了解脱。埃丽诺不得不勉强承认：詹宁斯太太原来说他对自己有感情，现在看来，他的感情实际上是让她妹妹激发起来的。虽然双方的情投意合促使威洛比产生了感情，但是双方性格上的格格不入也没有妨碍布兰登上校产生好感。她为此深感忧虑；因为一个三十五岁的沉默寡言的人，跟一个二十五岁的朝气蓬勃的人相竞争，哪里能有什么希望呢？既然她无法祝愿他获得成功，她衷心希望他不要那么痴心。她喜欢他——尽管他庄重矜持，她仍然认为他是个有趣味的人。他的言谈举止虽说一本正经，却也温文尔雅。他的矜持似乎是精神受到某种压抑的结果，而不是由于性情天生忧郁引起的。约翰爵士曾经暗示过，他以前遭受过创伤和挫折，这就证明她有理由认为他是个不幸的人，因而对他充满了敬意和同情。

也许正因为上校受到威洛比和玛丽安的冷眼看待，埃丽诺便更加同情他，敬重他。那两个人觉得他既不活泼，又不年轻，就对他存有偏见，硬是设法贬低他的长处。

“布兰登就是那么一种人，”一天，他们一起议论他时，威洛比说，“口头上人人都称赞他，内心里谁也不喜欢他；大家都愿意见到他，可是谁也想不到要和他谈话。”

“这正是我的看法，”玛丽安嚷道。

“不过，不要过甚其词，”埃丽诺说，“你们两人都不公道。巴顿庄园一家人对他十分器重，我自己每次见到他总要设法同他交谈一阵。”

“他能受到你的垂爱，”威洛比回答说，“当然是很体面的。但是别人对他的器重，却实在是一种责备。谁会心甘情愿地去接受米德尔顿夫人和詹宁斯太太一类女人的赞许呀？那简直是一种耻辱，只能使人漠然置之。”

“不过，也许像你和玛丽安这种人的非议可以弥补米德尔顿夫人及其母亲的敬重，如果说她们的赞许是责备，那你们的责备就是赞许啦；因为同你们的偏见不公相比较，她们还不是那么没有眼力。”

“为了保护你的被保护人，你竟然变得无礼了。”

“我的被保护人（用你的话说），是个很有理智的人；而理智对我总是富有魅力的。是的，玛丽安，即使他是个三四十岁的人。他见的世面多，出过国，读过不少书，有个善于思考的头脑。我发现他在许多问题上都能给我提供不少知识，他回答我的问题时，总是非常干脆，显示出良好的教养和性情。”

“这就是说，”玛丽安带着轻蔑的口气，大声说道，“他告诉过你，东印度群岛气候炎热，蚊子令人讨厌啦。”

“我不怀疑，假如我问到他这些问题的话，他会这么告诉我的。然而遗憾的是，这都是些我早就知道的事。”

“也许，”威洛比说，“他还可以扯得远点，说起从印度回来的财主、莫赫尔金币和东方轿子。”

“我可以冒昧地说，他的见闻之广是你的坦率所望尘莫及的。可你为什么要讨厌他？”“我没有讨厌他。相反，我认为他是个十分可敬的人。大家都称赞他，可是没人注意他。他有花不光的钱，用不完的时间，每年添置两件新外套。”

“除此之外，”玛丽安高声说道，“他既没有天资和情趣，也没有朝气。他的思想缺乏光彩，他的心灵缺乏热情，他的声音刻板单调。”

“你们一下子给他编派了那么多缺欠，”埃丽诺回答说，“完全是凭着你们自己的想象。相形之下，我对他的称赞就显得索然无味了。我只能说他是个很有理智的人，受过良好的教育，见多识广，举止文雅，而且我认为他心地温厚。”

“达什伍德小姐，”威洛比大声说道，“你对我太不客气了。你是在设法说服我，让我违心地接受你的看法。然而，这是不可能的。任凭你多么善于花言巧语，你都会发现我是执著不变的。我之所以不喜欢布兰登上校，有三个无可辩驳的理由：其一，我本来希望天晴，他偏要吓唬我说有雨；其二，他对我的车幔吹毛求疵；其三，我怎么说他也不肯买我的棕色牝马。不过，如果我告诉你我认为他的品格在其他方面是无可指责的，从而能使你感到心满意足的话，我愿意应承。不过，这种应承肯定会给我带来痛苦，作为对我的报答，你不能剥夺我可以一如既往地不喜欢他的权利。”

第十一章

达什伍德母女刚来德文郡的时候，万万没有想到马上会有这么多约会，请帖接二连三，客人络绎不绝，简直没有空闲干点正经事。然而，情况就是如此。等玛丽安彻底好了，约翰爵士事先制定的室内外娱乐计划便一个个付诸实施了。这时，庄园里开始举行私人舞会了，人们还趁着十月天阵雨的间歇机会，经常举行水上游艺会。每逢这种聚会，威洛比势必到场。当然，这些聚会搞得悠闲自如，恰好可以进一步密切他和达什伍德母女的关系，让他有机会目睹一下玛丽安的妩媚多姿，表露一下他对她的倾慕之情，同时也想从她的言谈举止中，得到她也有情于自己的确凿保证。

埃丽诺对他们的相恋并不感到意外。她只希望他们不要搞得太露骨，曾有一两次冒昧地建议玛丽安还是克制点为好。玛丽安讨厌遮遮掩掩的，觉得纵情任性不会真正丧失体面，克制感情本身就不值得称道。在她看来，这不仅没有必要，而且是理智对陈腐错误观念的可耻屈从。威洛比也有同感，他们的行为始终可以说明他们的观点。

只要威洛比在场，玛丽安便目无他顾。他做的每件事都很正确，说的每句话都很高明。如果庄园里的晚会最后以打牌结束，那么他就会竭尽作弊之能事，宁肯牺牲自己和其他人也要给她凑一手好牌。如果当晚的主要活动是跳舞，那么他们有一半时间是在一起跳。万不得已给拆散一两次，也要尽量挨在一起，两人跟别人连一句话都不说。这种行为自然会让众人嗤笑不已，但是嗤笑并不能使他们感到难为情，也似乎并不惹得他们恼火。

达什伍德太太完全体谅他们的心情，她只觉得心里热呼呼的，哪里还顾得上阻止他们感情的过于外露。在她看来，这仅仅是热情奔放的年轻人倾心相爱的必然表现。

这是玛丽安的幸福时刻。她把心献给了威洛比。她从苏塞克斯来到这里时，还对诺兰庄园满怀深情，认为这种感情什么时候也不会淡薄。可是如今，威洛比的到来给她现在的家带来了魅力，她对诺兰庄园的一片深情就有可能淡薄下去。

埃丽诺倒不感到这么幸福。她的心里并不那么安宁，对于各项娱乐并不那么真心欢喜，因为这些娱乐既不能为她提供一个伙伴，借以代替她撇在诺兰庄园的那个人，又不能开导她减少对诺兰庄园的思恋哀惜之情。无论米德尔顿夫人还是詹宁斯太太，都不能为她提供她所留恋的那种谈话，尽管后者是个喋喋不休的健谈家，并且从一开始就很优待她，使她得以较多地聆听她的谈论。她已经早把自己的履历向埃丽诺反复讲了三四遍。埃丽诺只要没有白长这么大，记性还可以的话，她或许早在她们刚认识时，就了解到詹宁斯先生最后一场病的详细情况，以及他临终前几分钟对他太太说了些什么话。如果说米德尔顿夫人比她母亲令人合意些，那只是在于她比较少言寡语。埃丽诺不用仔细观察就能发现，她之所以少言寡语，只是因为她性情稳静，和理智毫无关系。她对她丈夫、母亲和别人一样，都是这副样子，因此不能企望她会亲密一些。她除了重复前一天说过的话之外，别无他言。她的漠然寡趣是无可改变的，因为即使她的心情也总是一成不变的。对于丈夫安排的各种聚会，只要一切都办得体面气派，两个大孩子又能跟着她，她也并不表示反对。但是，她似乎从来不显得比坐在家里快乐些。她虽然也出席，但从不介入众人的交谈，因而不能给别人增添乐趣，有时只有当她关照那些调皮捣蛋的孩子时，才知道她在场。

埃丽诺觉得，在她新结识的人里，唯有布兰登上校堪称具有一定的才干，能激起友谊的兴致，带来交往的乐趣。威洛比可就谈不上啦。尽管她爱慕他，敬重他，甚至姐妹般地敬重他，可他毕竟处在热恋之中，只知道向玛丽安献殷勤。也许，他若是少献点殷勤，倒会更讨众人喜欢些。布兰登上校很是不幸，他本想倾心于玛丽安，玛丽安对他却无情意，冷若冰霜。不过，通过与埃丽诺进行交谈，他得到了最大的安慰。

埃丽诺越来越同情上校，因为她有理由猜想，他已经感到了失恋的痛苦。这种猜想是一天晚上在巴顿庄园听他无意中漏出一句话而引起来的。当时，别人都在跳舞，他俩经过彼此同意，一道坐了下来。上校两眼凝视着玛丽安，沉默了几分钟之后，淡然微笑着说："据我了解，你妹妹不赞成第二次爱情。"

"是的，"埃丽诺应道，"她的想法十分罗曼蒂克。"

"依我看，更确切地说，她认为不可能存在第二次爱情。"

"我看她是这样认为的。但是，我不晓得她怎么能这样想，这岂不有损于她自己父亲的人格，因为他就有过两个妻子。不过，再过几年，她就会根据自己的常识和观察，把看法变得合情合理一些。到那时候，她的观点在除她以外的任何人看来，都会比现在更容易解释，更容易辩护。"

"情况可能如此，"上校答道，"然而青年人的偏见别有一番亲切感，谁肯忍心抛弃，而去接受那些比较一般的观点？"

"在这一点上我不能同意你的看法，"埃丽诺说，"玛丽安这样的观点带有种种不宜之处，任凭世人的狂热和无知有多大魅力，也将于事无补。不幸的是，她的思想严重倾向于蔑视礼仪。我期望她能进一步认识世界，这可能给她带来极大的好处。"

上校停了一会儿，然后继续说道：

"你妹妹是不是不加区别地一概反对第二次恋爱？难道每个人这样做都同样有罪吗？难道凡是第一次选择失当的人，无论因为对象朝三暮四，还是因为情况违逆多舛，就该一辈子漠然处之？”

“说心里话，我对她的详细见解并不了解。我只知道，我从未听她说过有哪一起二次恋爱是可以宽恕的。”

“这种看法，”上校说，“是不会持久的。感情上的变化，感情上的彻底变化——不，不，不要痴心妄想了，因为青年人富于幻想，一旦被迫改变主意，代之而来的总是些平庸不堪、危险之极的观点！我这样说是有切身体验的。我从前认识一位女子，她在性情和心地上很像你妹妹，像她那样思考问题，判断是非，但是她被迫改变了——是让一系列不幸事件逼迫的——，”说到这里，他蓦地顿住了，似乎觉得自己说得太多了。看他那脸色，埃丽诺不禁起了猜疑。她看得出来，他不想提起与那女子有关的事情，要不然，这女子不会引起她的疑心。其实，事情不难想象，他之所以如此动情，定与想起过去的隐衷有关。埃丽诺没去多想。不过，若是换成玛丽安，却不会想得这么少。她凭着活跃的想象，很快就会把整个故事构思出来，一切都会被纳入一场爱情悲剧的框框，令人忧伤至极。

第十二章

第二天早晨，埃丽诺与玛丽安一道散步，玛丽安向姐姐透露了一桩事。埃丽诺早就知道玛丽安言行轻率，没有心计，但是这桩事表明她搞得实在太过分了，不免大为惊讶。玛丽安欣喜异常地告诉她，威洛比送给她一匹马。这匹马是他在他萨默塞特郡的庄园里亲自喂养的，正好供女人骑用。她也不想一想母亲从不打算养马——即便母亲可以改变决心，让她接受这件礼物，那也得再买一匹，雇个佣人骑着这匹马，而且终究还得建一所马厩——这一切她全没考虑，就毫不犹豫地接受了这件礼物，并且欣喜若狂地告诉了姐姐。

“他准备马上打发马夫去萨默塞特郡取马，”她接着说，“马一到，我们就能天天骑啦。你可以跟我合着用。亲爱的埃丽诺，你想想看，在这丘陵草原上骑马飞奔，该有多么惬意啊！”

她很不愿意从这幸福的迷梦中惊醒，更不愿意去领悟这桩事所包含的不幸现实。有好长时间，她拒不承认这些现实。再雇一个佣人，那花不了几个钱，她相信母亲决不会反对。佣人骑什么马都可以，随时都可以到巴顿庄园去牵。至于马厩，只要有个棚子就行。随后埃丽诺大胆地表示，从一个自己并不了解、或者至少是最近才了解的男人那里接受礼物，她怀疑是否恰当。这话可叫玛丽安受不了啦。

“你想错了，埃丽诺，”她激动地说道，“你认为我不很了解威洛比。的确，我认识他时间不长，可是天下人除了你和妈妈之外，我最了解的就是他了。熟悉不熟悉，不取决于时间和机缘，而只取决于性情。对某些人来说，七年也达不到相互了解，而对另些人来说，七天就绰绰有余了。我倘若接受的是我哥哥的马，而不是威洛比的马，我会觉得更不恰当，那才问心有愧呢。我对约翰很不了解，虽然我们在一起生活了许多年；但对威洛比，我早就有了定见。”

埃丽诺觉得，最好别再触及那个话题。她知道她妹妹的脾气。在如此敏感的一个问题上与她针锋相对，只会使她更加固执己见。于是，她便转而设法激起她的母女之请，向她摆明：母亲是很溺爱子女的，倘使她同意增加这份家产（这是很可能的），那一定会给她招来诸多不便。这么一讲，玛丽安当即软了下来。她答应不向母亲提起送礼的事，以免惹得她好心好意地贸然应允。她还答应下次见到威洛比时告诉他，不能收他的礼物了。

玛丽安信守诺言，威洛比当天来访时，埃丽诺听她低声向他表示：她很失望，不得不拒绝接受他的礼物。她同时申述了她之所以改变主意的缘由，说得他不好再作恳求。但是威洛比显然十分关切，并且一本正经地作了表白，然后以同样低微的声音接着说道：“不过，玛丽安，这马虽然你现在不能使用，却仍然归你所有。我先保养着，直至你领走为止。等你离开巴顿去建立自己的家庭时，‘麦布皇后’会来接你的。”

这一席活都被达什伍德小姐无意中听到了。她从威洛比的整个说话内容，从他说话时的那副神气，从他直称她妹妹的教名，当即发现他们两人如此亲密，如此直率，真可谓情投意合极了。从此刻起，她不再怀疑他们之间已经许定终身。唯一使她感到意外的是，他们两人性情如此坦率，她（或他们的朋友）竟因此而受骗，以至于在无意中她才发现这一秘密。

次日，玛格丽特向她诱露了一些情况，这就使问题更加明朗。头天晚上，威洛比和她们呆在一起，当时客厅里只剩下玛格丽特、威洛比和玛丽安，于是玛格丽特便趁机观察了一香。随后，当她和她大姐单独呆在一起时，她摆出一副神气十足的面孔，向她透个口风。

"哎，埃丽诺，"她嚷道，"我想告诉你玛丽安的一个秘密。我敢肯定，她不久就要嫁给威洛比先生，"

"自从他们在高派教会丘地邂逅以来，"埃丽诺答道，"你几乎天天都这么说。我想他们认识还不到一个星期，你就一口咬定玛丽安脖子上挂着他的相片，谁想那原来是伯祖父的微型画像。"

"不过，这次确实是另一码事。我敢肯定，他们不久就要结婚，因为他有一绺玛丽安的头发。"

"当心点，玛格丽特。那也许只是他伯祖父的头发。"

"埃丽诺，那的确是玛丽安的头发。我几乎可以肯定，因为我亲眼见他剪下来的。昨晚用过茶，你和妈妈都走出了房间，他们在窃窃私语，说起话来要多快有多快。威洛比像是在向玛丽安央求什么东西，随即只见他拿起姐姐的剪刀，剪下她一长绺头发，因为她的头发都散落在背后。他把头发亲了亲，然后卷起来包在一张白纸里，装进他的皮夹。"

玛格丽特说得这么有根有据，有鼻子有眼，埃丽诺不能再不相信啦。况且，她也不想再去怀疑，因为情况与她自己耳闻目睹的完全一致。

玛格丽特并非总是显得十分机灵，有时难免引起姐姐的不快。一天晚上，詹宁斯太太在巴顿庄园硬逼着她说出谁是埃丽诺的意中人（长久以来，她一直对此兴致勃勃），玛格丽特瞅了瞅姐姐，然后回答说："我不能说，是吧，埃丽诺?"

不用说，这句话惹起一阵哄堂大笑，埃丽诺也试图跟着笑，但这滋味是苦涩的。她知道玛格丽特要说的是哪个人，她不能心安理得地容忍这个人的名字成为詹宁斯太太的永久笑柄。

玛丽安倒是真心实意地同情姐姐，不料却好心帮了倒忙，只见她满脸涨得通红，悻悻然地对玛格丽特说：

"记住，不管你猜测是谁，你没有权利说出去。"

"我从来没有猜测过，"玛格丽特答道，"那是你亲口告诉我的。"

众人一听更乐了，非逼着玛格丽特再透点口风不可。

“啊！玛格丽特小姐，统统说给我们听听吧，”詹宁斯太太说。“那位先生叫什么名字呀？”

“我不能说，太太。不过我知道他叫什么名字，还知道他在哪儿。”

“哟！我们也猜得出他在哪儿，当然是在诺兰庄园啦。大概还是那个教区的副牧师。”

“不，那他可不是。他压根儿没有职业。”

“玛格丽特，”玛丽安气冲冲地说道，“你知道这都是你无中生有，实际上并不存在这么个人。”

“哦，这么说他不久前去世啦？玛丽安，我敢肯定，以前可有过这么个人，他的姓开头一个字是‘费’。”

使埃丽诺感激不尽的是，恰在这时，米德尔顿夫人说了一句话：“雨下得好大呀！”不过她知道，夫人之所以打岔，并非出于对自己的关心，而是因为她对她丈夫和母亲热衷于这种低级趣味，深为厌恶。她提出的这个话头当即被布兰登上校接了过去，因为他在任何场合都很照顾别人的情绪。于是，两人下雨长下雨短地说了一大堆。威洛比打开钢琴，要求玛丽安坐下来弹一支曲子。由于大家都想结束这个话题，这样一来，谈话就不了了之。但是埃丽诺受了这场虚惊，却不那么容易恢复镇静。

当晚，大家组成一个观光团，准备第二天去参观一个景色十分优美的地方。此地离巴顿约有十二英里，归布兰登上校的姐夫所有，若是上校没有兴致，别人谁也别想去随意游览，因为主人当时出门在外，对此曾有言在先，十分严格，据说，这地方美极了，约翰爵士大为赞赏。近十年来，爵士每年夏天至少要组织两次游览，因而可以说是很有发言权。这里小湖风光旖旎，上午主要用来乘船游览。大家带上冷餐，乘上敞篷马车，一切都按观光团的通常规格行事。

在场的有几个人认为，这似乎是一次冒险的行动，因为时令不对，两周来每天都在下雨。达什伍德太太由于感冒，经埃丽诺劝说，同意留在家里。

第十三章

大家一心打算去惠特韦尔游览，但是结果却完全出乎埃丽诺的意料之外。她本来准备给淋得浑身湿透，累得精疲力竭，吓得胆战心惊；然而事情比这还要糟糕，因为他们根本没有去成。

十点钟光景，观光的人们聚集到巴顿庄园，准备吃早饭。虽然昨晚下了一夜雨，早晨的天气却相当适意，只见天上的乌云正被驱散，太阳时隐时现。大伙儿兴高采烈，兴致勃勃，迫不及待地想玩乐一番，而且下定决心，即使有天大的艰难险阻，也在所不辞。

正当吃早饭的时候，邮差送信来了，其中有一封是给布兰登上校的。他接过信，一看姓名地址，脸色唰地变了，当即走出了房间。

“布兰登怎么啦?”约翰爵士问。

谁也说不上来。

“但愿他没有收到坏消息，”米德尔顿夫人说。“一定有要紧的事，不然布兰登上校不会这么突然离开我的饭桌。”

大约过了五分钟，他又回来了。

“上校，我想没有坏消息吧，”他刚走进房里，詹宁斯太太便说道。

“绝对没有，太太，谢谢你。”

“是从阿维尼翁寄来的吧?但愿信里别说你妹妹病势加重了。”

“没说，太太。信是从城里寄来的，只是一封公函。”

“倘若只是一封公函，怎么能使你这么心烦意乱呢?得了，得了，这不可能。上校，把事情的真相说出来吧。”

“我的好妈妈，”米德尔顿夫人说，“看你说些啥呀。”

“也许是告诉你，你的表妹要出嫁啦?”詹宁斯太太说，对女儿的责备置若罔闻。

“不，真的不是那回事儿。”

“噢，那么，我知道是谁寄来的了。上校，但愿她安然无恙。”

“你这是说谁呀，太太?”上校问道，脸色有点发红。

“哦！你知道我说谁。”

“我非常抱歉，夫人，”上校对米德尔顿夫人说，“今天竟然收到这封信。这是封公函，要我马上到城里去。”

“到城里去！”詹宁斯太太大声嚷道，“在这个时节，你到城里会有什么贵干？”

“我们大家如此合得来，”上校接着说，“离开你们真是我的莫大损失。而使我感到更加不安的是：你们要进惠特韦尔，恐怕需要我亲自引见才行。”

这对众人是当头一击：

“布兰登先生，你要是给女管家写个条子，”玛丽安性急地说道，“这还不行吗？”

上校摇摇头。“我们一定要去，”约翰爵士说，“事到如今，不能推延啦。布兰登，你可以等到明天再进城，就这么定啦。”

“我但愿能这么容易就定下来。可是我无权推迟行期，哪怕一天也不行！”

“你只要告诉我们你有什么事，”詹宁斯太太说，“我们也好评评能不能推迟。”

“你要是等到我们回来再进城，”威洛比说，“你顶多晚走六个小时。”

“我一个小时也耽搁不得。”

这时，埃丽诺听见威洛比低声对玛丽安说：“有些人总是不肯与大伙儿一块玩乐。布兰登就是其中的一个。我敢肯定，他害怕感冒，于是就要了这个金蝉脱壳之计。我愿拿五十个畿尼打赌，那封信是他自己写的。”

“对此我毫不怀疑，”玛丽安应道。

“布兰登，我早就了解，”约翰爵士说，“你一旦下定决心，别人是无法说服你改变主意的。不过，我还是希望你慎重考虑一下。你想想，这里有从牛顿赶来的两位凯里小姐，有从乡舍赶来的三位达什伍德小姐，再说威洛比先生，他为了去惠特韦尔，特意比平时早起了两个小时。”

布兰登上校再次表示遗憾，让大家感到失望了，但同时又说，这实在无法避免。

“那好，你什么时候回来？”

“我们就在巴顿等你，”米德尔顿夫人接着说，“希望你一得便就离开城里。我们一定等你回来再去惠特韦尔。”

“谢谢你的一番好意。不过，我说不定什么时候能回来，因此决不敢贸然应允。”

“哦！他一定得回来，”约翰爵士大声说道，“他如果到周末还没回来，我就去找他。”

“对，去找他，约翰爵士，”詹宁斯太太嚷道，“到时候，你也许会发现他在干什么事呢。”

“我不想去探究别人在干什么事，我想，这是件使他感到羞耻的事情。”

仆人通报，布兰登上校的马备好了。

“你不会骑着马进城吧？”约翰爵士接着问。

“是的——我只骑到霍尼顿，然后改乘驿车。”

“好吧，既然你执意要走，我祝你一路顺风。不过，你最好能改变主意。”

“老实说，我的确无能为力。”

他随即向众人辞别。

“达什伍德小姐，难道我今冬没有机会在城里见到你和你妹妹？”

“恐怕毫无机会。”

“这么说，我们分别的时间比我希望的要长啦。”

他对玛丽安只鞠了一躬，没说什么。

“喂，上校，”詹宁斯太太说，“你临走之前，务必告诉我们你要去干什么。”

上校向她说了声“再见”，然后由约翰爵士陪同，走出了房间。

刚才大家出于礼貌，一直压抑着的满腹委屈和哀怨，现在一股脑儿发泄出来了。他们三番五次地表示，碰到这种扫兴的事情，真叫人恼火。

“不过，他的事儿我猜得出来，”詹宁斯太太眉飞色舞地说。

“真的吗，太太？”大家几乎异口同声地说。

“真的，我看一定是为威廉斯小姐的事儿。”

“威廉斯小姐是谁？”玛丽安问。

“什么？你还不知道威廉斯小姐是谁？我敢说，你以前一定听说过她。她是上校的一个亲戚，亲爱的——一个非常近的亲戚。我们不说有多么近，免得吓坏了诸位小姐。”接着，她略微放低声音，对埃丽诺说：“她是他的亲生女儿。”

“真的！”

“噢！是的。一愣起神来很像上校。上校大概要把全部财产都留给她。”

约翰爵士一回来，便和大伙儿一道，对这不幸的事情深表遗憾，不过，他最后提议，既然大家都聚在一起，总得做点事情开开心。经过商量，大家一致认为，虽说只有去惠特韦尔才能感到快乐，但现在坐车在乡下转转也许能散散心。随即，主人吩咐套好马车。头一辆是威洛比的，玛丽安上车时看上去从来没有那样开心过。威洛比驱车迅速穿过邸园，一转眼便不见了。两人一去便无影无踪，直到大家都回来了，才见他们返回。看样子，两人逛得十分开心，不过嘴里只是笼统地说：大家都往高地上去了，他们一直在小道上兜风。

后来大伙儿商定，晚上举行一场舞会，让大家整天都欢欢乐乐的。凯里家又来了几个人，晚饭就餐的将近二十人，约翰爵士见此情景极为得意。威洛比像往常一样，在达什伍德家大小姐、二小姐之间就座。詹宁斯太太坐在埃丽诺右首。大家刚入座不久，她就扭身俯在埃丽诺和威洛比背后，同玛丽安嘀咕起来，声音不高也不低，那两人恰好都能听见：“尽管你诡计多端，我还是发现了你的秘密。我知道你上午到哪儿去了。”

玛丽安脸一红，慌忙应道：“你说到哪儿去了？”

“你难道不知道，”威洛比说，“我们乘着我的马车出去了？”

“是呀，是呀，厚脸皮先生，这我知道得一清二楚，可我一定要查明：你们究竟到哪儿去了。玛丽安小姐，我希望你很喜欢自己的住宅。我知道这房子很大，以后我去拜访的时候，希望你们能添置些新家具，我六年前去那儿时，就该添置了。”

玛丽安慌里慌张地扭过脸去。詹宁斯太太不由得纵情大笑。埃丽诺发现，这位太太一心要弄清两人究竟跑到哪儿去了，早就让女仆询问过威洛比的马车夫，从而得知：他们到艾伦汉去了，先在花园里转来转去，再到房子里各处察看，前后转悠了老半天。

埃丽诺简直不敢相信真有这种事。玛丽安与史密斯太太分明素不相识，既然她在家里，似乎威洛比不可能提出邀请，玛丽安也不可能同意进屋。

一走出餐厅，埃丽诺就向玛丽安询问这件事。使她大为惊讶的是，她发现詹宁斯太太所说的情况完全属实。玛丽安还因为她不肯相信而非常生气。

“埃丽诺，你凭什么认为我们没有去那里，没见过那房子？这难道不是你经常向往的事情吗？”

“是的，玛丽安，不过有史密斯太太在家里，除了威洛比先生以外又没有别人陪伴，我是不会进去的。”

“可是威洛比先生是有权带我去看那房子的唯一的人，因为我们乘坐的是敞篷马车，不可能再找别人作伴。我生平从来没像今天上午过得这么愉快。”

“恐怕，”埃丽诺答道，“一件事情是愉快的，并非总能证明它是恰当的。”

“恰好相反，埃丽诺，没有比这更有力的证明了。假如我的所作所为确有不当之处，我当时就会有所感觉，因为我们倘使做错了事，自己总是知道的，而一有这种认识，我就不可能感到愉快。”

“不过，亲爱的玛丽安，为了这件事你已经遭到了冷言冷语，难道你还不怀疑你的行为有些失慎吗？”

“如果詹宁斯太太说了几句怪话就能证明别人行为欠妥，那我们大家无时无刻不在招惹是非。我既不稀罕她的称赞，也不在乎她的非难。我在史密斯太太的花园里散过步，还参观了她的住宅，我不知道这有什么过错。有朝一日，这花园、房子都要归威洛比先生所有，而——”

“哪怕有朝一日归你所有，玛丽安，你那样做也是不合情理的。”

听姐姐这么一说，玛丽安不由得脸红了。不过看得出来，这话也使她感到得意。她仔细思忖了十来分钟，然后又来到姐姐跟前，和颜悦色地说道：“埃丽诺，也许我去艾伦汉确实有失检点，不过威洛比先生一定要带我去看看。说实在话，那幢房子可美啦。楼上有一间万分漂亮的客厅，不大不小，什么时候都适用，若是配上新式家具，那真叫人称心如意了。这是一间犄角室，两边有窗。从一边凭窗望去，越过屋后的滚球场草坪，看到一片优美的坡林。从另一边，可以望见教堂和村庄，再过去就是我们经常赞叹不已的崇山峻岭。我不觉得这个房间有什么特别好，因为那些家具着实可怜。然而，要是配上新家具——威洛比说要花费两三百镑，那它就会成为英格兰最舒适的避暑室之一。”

倘若埃丽诺能一直听她讲下去，别人不来打岔的话，玛丽安会照样把每个房间都津津有味地描绘一番。

第十四章

布兰登上校突然终止了对巴顿庄园的拜访，而且始终不肯说明缘由，这不免使詹宁斯太太满腹狐疑，一直揣测了两三天。她是个顶爱大惊小怪的女人，其实，凡是一心留意别人来往行踪的人，个个都是这个样子。她心里不停地纳罕：这究竟是什么原因？她敢肯定他有不幸的消息，于是仔细琢磨他可能遭遇的种种不幸，认为决不能让他瞒过他们大伙儿。

“我敢肯定，准是出了什么伤心事儿，”她说，“我从上校脸上看得出来。可怜的人儿！恐怕他的境况不佳呀。算计起来，德拉福庄园的年收入从来没有超过两千镑，他的弟弟把事情搞得一塌糊涂。我看哪，八成是为钱的事情找他，不然还会有什么事儿呢？我在纳闷是不是这么回事儿。我无论如何也要弄个水落石出。也许是为威廉斯小姐的事儿——这么说来，肯定是为她的事儿，因为我当初提到她的时候，上校看上去很不自然。也许她在城里生病了，十有八九是这么回事儿，因为我觉得她总是多灾多病的。我敢打赌，就是为威廉斯小姐的事儿。现在看来，上校不大可能陷入经济困难，因为他是个精明人，时至今日，庄园的开支肯定早就结清了。我真不知道是怎么回事儿！也许他在阿维尼翁的妹妹病情恶化了，叫他快去。他走得匆匆忙忙的，看样子很像。唉，我衷心祝愿他摆脱困境，还能讨个好太太。”

詹宁斯太太就这么疑疑惑惑唠唠叨叨。她的看法变来变去，一会儿一个猜测，而且开头总是满有把握。埃丽诺虽然着实关心布兰登上校的安乐，但是她不能像詹宁斯太太所企望于她的，对他的突然离去惊诧不已，妄加猜疑。因为在她看来，情况没有那么严重，犯不着那样惊疑。除此之外，还有真正使她感到惊奇的事，那就是她妹妹和威洛比，他们明明知道他们的事情引起了大家的特别兴趣，却异乎寻常地保持缄默。他们一天天地越是不吭声，事情越显得奇怪，越与他们两人的性情不相协调。从他们的一贯行为看，本来是昭然若揭的事情，却不敢向母亲和她公开承认，埃丽诺无法想象这究竟是什么缘故。

埃丽诺不难看出，他们还不能马上结婚，因为威洛比虽说在经济上是独立的，但并不能认为他很有钱。按照约翰爵士的估计，他庄园上的收入一年只有五六百镑，但他花费太大，那笔收入简直不够用，他自己也经常在哭穷。但是，使她感到莫名其妙的是，他们订了婚，竟对她保守秘密，其实他们什么也包不住。这与他们的惯常想法和做法太不一致了，以致使她有时候也怀疑，他们是不是真的订了婚。因为有这个怀疑，她也就不便去探问玛丽安。

威洛比的行为最明显地表达了他对达什伍德母女的一片深情。他作为玛丽安的情人，真是要多温柔有多温柔；而对于其他人，他作为女婿、姐夫和妹夫，也能殷勤备至。他似乎把乡舍当成了自己的家，迷恋不舍，他泡在这里的时间比呆在艾伦汉的时间还要多。倘若巴顿庄园没有大的聚会的话，他早晨就出来活动活动，而最后几乎总是来到乡舍，他自己守在玛丽安身旁，他的爱犬趴在玛丽安脚边，消磨掉这一整天。

布兰登上校离开乡下一周后的一天傍晚，威洛比似乎对周围的事物产生了一股异乎寻常的亲切感。达什伍德太太无意中提起了要在来年春天改建乡舍的计划，当即遭到了他的激烈反对，因为他已经与这里建立了感情，觉得一切都十全十美。

“什么！”他惊叫道。“改建这座可爱的乡舍。不——不，这我决不会同意，你若是尊重我的意见的话，务必不要增添一砖一石，扩大一寸一分。”

“你不要害怕，”达什伍德小姐说，“这是不可能的事情，我母亲永远凑不够钱来改建。”

“那我就太高兴啦，”威洛比嚷道，“她若是有钱派不到更好的用场，我但愿她永远没有钱。”

“谢谢你，威洛比。你尽管放心，我不会伤害你的或是我所喜爱的任何人的一丝一毫的乡土感情，而去搞什么改建。你相信我好啦，到了春天结账时，不管剩下多少钱没派用场，我宁肯撂下不用，也不拿来干些让你如此伤心的事情。不过，你当真这么喜爱这个地方，觉得它毫无缺陷？”

“是的，”威洛比说，“我觉得它是完美无缺的。唔，更进一步说，我认为它是可以让人获得幸福的唯一的建筑形式。我若是有钱的话，马上就把库姆大厦推倒，按照这座乡舍的图样重新建造。”

“我想，也要建成又暗又窄的楼梯，四处漏烟的厨房啦，”埃丽诺说。

“是的，”威洛比以同样急切的语气大声说道，“一切的一切都要一模一样。无论是便利的设施，还是不便利的设施，都不能看出一丝一毫的不同。到那时，只有到那时，我在库姆住进这样一座房子，或许会像在巴顿一样快活。”

“依我看呀，”埃丽诺答道，“你今后即使不巧住上更好的房间，用上更宽的楼梯，你会觉得你自己的房子是完美无瑕的，就像你现在觉得这座乡舍是完美无瑕的一样。”

“当然，”威洛比说，“有些情况会使我非常喜爱我自己的房子；不过这个地方将永远让我留恋不舍，这是别的地方无法比拟的。”

达什伍德太太乐滋滋地望着玛丽安，只见她那双漂亮的眼睛正脉脉含情地盯着威洛比，清楚地表明她完全明白他的意思。

“我一年前来艾伦汉的时候，”威洛比接着说，“经常在想，但愿巴顿乡舍能住上人家；每当我从它跟前经过，总要对它的位置叹羡不已，同时也对它无人居住而感到痛惜。我万万没有料到，我再次来到乡下时，从史密斯太太嘴里听到的头一条新闻，就是巴顿乡舍住上人了！顿时，我对这事既满意，又有兴趣。我之所以有这种感觉，那是因为我预感到，我将从中获得幸福。玛丽安，难道事实不正是如此吗？”他压低声音对她说。接着又恢复了原先的语调，说道：“不过，你要损坏这座房子的，达什伍德太太！你想用异想天开的改建，毁掉它的简朴自然：就在这间可爱的客厅里，我们初次结识，以后又在一起度过了许许多多快乐的时刻，没想到你要把它贬黜成一道普普通通的门廊。可是大家还是渴望要进那间客厅，因为它迄今为止一直是个既实用又舒适的房间，天下再气派的房间也比它不上。”

达什伍德太太再次向他保证：她决不会做出那种改建。

“你真是太好了，”威洛比激动地答道，“你的许诺叫我放心了。你的许诺若是能更进一步，我会打心眼里高兴。请告诉我，不仅你的房子将依然如故，而且我还将发现你和令爱像你们的房子一样一成不变，永远对我友好相待。这种情谊使我感到你们的一切都是那样的亲切。”

达什伍德太太欣然作出了许诺，威洛比整个晚上的举止表明，他既亲热又快乐。

“明天来吃晚饭好吗？”等他告辞的时候，达什伍德太太说。“我并不要求你上午就来，因为我们必须去巴顿庄园拜访米德尔顿夫人。”

威洛比答应下午四点再来。

第十五章

第二天，达什伍德太太去拜访米德尔顿夫人，和她同去的还有两个女儿。玛丽安借口有点小事，没有随同前往。母亲断定，头天夜里威洛比一定和她有约在先，想趁她们外出的时候来找玛丽安，于是便满心欢喜地任她留在家里。

她们从巴顿庄园一回来，便发现威洛比的马车和仆人在乡舍前面恭候，达什伍德太太想她猜得果然不错。就目前的情况看来，事情正像她预见的那样。谁料一走进屋里，她见到的情景与她预见的并不一致。她们刚跨进走廊，就见玛丽安急匆匆地走出客厅，看样子极度悲伤，一直拿手帕擦眼睛，也没觉察她们便跑上了楼。她们大为惊异，径直走进玛丽安刚刚走出的客厅，只见威洛比背对着她们，倚靠在壁炉架上。听见她们进房，他转过身来。从他的脸色看得出来，同玛丽安一祥，他的心情也十分痛苦。

“她怎么啦？”达什伍德太太一进房便大声嚷道，“她是不是不舒服了？”

“但愿不是，”威洛比答道，极力装出高高兴兴的样子。他勉强做出一副笑脸，然后说：“感觉不舒服的应该是我——因为我遇到一件令人十分失望的事情。”

“令人失望的事情？”

“是的，因为我不能履行同你们的约会。今天早晨，史密斯太太仗着她有钱有势，居然支使起一个有赖于她的可怜表侄来了，派我到伦敦去出差。我刚刚接受差遣，告别了艾伦汉。为了使大家高兴，特来向你们告别。”

“去伦敦——今天上午就走吗？”

“马上就走。”

“这太遗憾了。不过，史密斯太太的指派不可不从。我希望这事不会使你离开我们很久。”

威洛比脸一红，答道：“你真客气，不过我不见得会立即回到德文郡。我一年里对史密斯太太的拜访从不超过一次。”

“难道史密斯太太是你唯一的朋友？难道艾伦汉是你在附近能受到欢迎的唯一宅府！真不像话，威洛比！你就不能等待接受这里的邀请啦？”

威洛比的脸色更红了。他两眼盯着地板，只是答道：“你真太好了”

达什伍德太太惊奇地望望埃丽诺。埃丽诺同样感到惊讶。大家沉默了一阵。还是达什伍德太太首先开口。

“亲爱的威洛比，我再补充说一句：你在巴顿乡舍永远是受欢迎的。我不想逼迫你立即回来，因为只有你才能断定，这样做会不会取悦于史密斯太太。在这方面，我既不想怀疑你的意愿，也不想怀疑你的判断力。”

“我现在的差事，”威洛比惶惑地答道，“属于这样一种性质——我——我不敢不自量力地——”

他停住了。达什伍德太太惊讶得说不出话来，结果又停顿了一会儿。威洛比打破了沉默，只见他淡然一笑，说：“这样拖延下去是愚蠢的。我不想折磨自己了，既然现在不可能和朋友们愉快相聚，只好不再久留。”

随后，他匆匆辞别达什伍德母女，走出房间。她们瞧着他跨上马车，一会儿便不见了。

达什伍德太太难过得没有心思说话，当即便走出客厅，独自伤心去了。威洛比的陡然离去用起了她的忧虑和惊恐。

埃丽诺的忧虑并不亚于母亲。她想起刚才发生的事情，既焦急又疑惑。威洛比告别时的那些表现：神色本来十分窘迫，却要装出一副高高兴兴的样子；更为重要的是，他不肯接受母亲的邀请，畏畏缩缩的哪里像个情人？这一切都叫她深感不安。她时而担心威洛比从来不曾有过认真的打算，时而担心他和妹妹之间发生了不幸的争吵。玛丽安走出客厅时那么伤心，最能解释得通的就是双方当真吵了一场。不过，考虑到玛丽安那样爱他，争吵又似乎是不可能的。

但是，不管他们分离时的具体情况如何，妹妹的苦恼却是毋庸置疑的。她怀着深切的同情，设想着玛丽安正在忍受的巨大痛苦。很可能，这种痛苦不仅尽情地发泄出来了，而且还在有意识地推波助澜呢。

约莫过了半个钟头，母亲回到客厅，虽然两眼通红，脸色却不显得忧郁。

“埃丽诺，我们亲爱的威洛比现在离开巴顿好几英里远了，”她说，一面坐下做她的活计，“他一路上心里该有多么沉重啊！”

“这事真怪。走得这么突然！好像只是一瞬间的事情。他昨晚和我们在一起时，还那么愉快，那么叫人高兴，那么多情！可是现在，只提前十分钟打了个招呼，便走了，好像还不打算回来似的。一定出了什么事他没告诉我们。他嘴里不说，行动也很反常。对于这些变化，你应该和我一样看得仔细。这是怎么回事呢？他们两个可能吵架啦？可是他为什么不肯接受你的邀请呢？”

“埃丽诺，他不是不愿意！我看得很清楚。他没法接受我的邀请。说实在的，我已经仔细考虑过了。有些事情起先在你我看来很奇怪，现在件件我都能给予完满的解释。”

“你真能解释？”

“是的，我给自己解释得满意极了。不过，你嘛，埃丽诺，总爱怀疑这怀疑那的——，我知道，我的解释不会叫你满意，但是你也不能说服我放弃我的看法。我相信，史密斯太太怀疑威洛比对玛丽安有意，硬是不赞成（可能因为她替他另有考虑），因此便迫不及待地把他支使走了。她打发他去干什么事，那仅仅是为了把他打发开而捏造的一个借口。我看就是这么回事儿。另外，他也知道史密斯太太不赞成这门亲事，因此目前还不敢向她坦白他已和玛丽安订婚。相反，由于他处于依赖她的地位，他又不得不听从她的安排，暂时离开德文郡。我知道，你会对我说，事情也许是这样，也许不是这样。我不想听你说些吹毛求疵的话，除非你能提出同样令人满意的解释来。那么，埃丽诺，你有什么好说的？”

“没有，因为你已经料到了我会怎么回答。”

“你会对我说：事情也许是这样，也许不是这样。哦！埃丽诺，你的思想真叫人难以捉摸！你是宁信恶而不信善。你宁愿留神玛丽安的痛苦、威洛比的过错，而不愿意替威洛比寻求辩解。你是执意认为威洛比该受责备，因为他向我们告别时不像平常那样情意绵绵。难道你就不考虑考虑他可能是一时疏忽，或是最近遇到失意的事情而情绪低落？可能性并不是百分之百地有把握，难道仅仅为此就不考虑这些可能性吗？威洛比这个人，我们有一千条理由喜爱他，而没有一条理由瞧不起他，难道现在一点也不能原谅吗？难道他不可能有些不便说出的动机，暂时不得不保守秘密？说来说去，你究竟怀疑他什么？”

“我也说不上来。但是，我们刚才看到他那副反常的样子，必然会怀疑发生了什么不愉快的事情。不过，你极力主张替他寻求辩解，这也很有道理，而我审人度事就喜欢诚实公正。毫无疑问，威洛比那样做是会有充分的理由的，我也希望他如此。但是，他假如当即承认这些理由，倒更符合他的性格。保守秘密也许是必要的，然而他会保守秘密，却不能不使我感到惊奇。”

“不要责备他违背自己的性格，该违背的还要违背。不过，你果真承认我为他做的辩解是公平合理的？我很高兴——他被宣判无罪啦。”

“并非完全如此。对史密斯太太隐瞒他们订婚的事（如果他们确实订婚了的话），也许是恰当的。假如事实果真如此，威洛比当前尽量少在德文郡盘桓，倒不失为上策。可是他们没有理由瞒着我们。”

“瞒着我们！我的宝贝，你指责威洛比和玛丽安瞒着我们？这就实在怪了，你的目光不是每天都在责备他俩轻率吗？”

“我不需要他们情意缠绵的证据，”埃丽诺说，“但是我需要他们订婚的证据。”

“我对这两方面都坚信不疑。”

“然而，他们两人在这件事上只字没向你透露过呀。”

“行动上明摆着的事情，还要什么只字不只字。至少是近两个星期以来，他对玛丽安和我们大伙的态度难道还没表明他爱玛丽安，并且把她视为未来的妻子？他对我们那样恋恋不舍，难道不像是一家人？难道我们之间还不心心相印？难道他的神色、他的仪态、他的殷勤多情、毕恭毕敬，不是每天都在寻求我的同意吗？我的埃丽诺，你怎么能去怀疑他们是否订婚呢？你怎么会有这种想法呢？威洛比明知你妹妹喜爱他，怎么能设想他不对她表表衷情就走了，而且或许一走就是几个月呢？他们怎么可能连一句贴心话都不说就分手了呢？”

“说真的，”埃丽诺答道，“别的情况都好说，可是就有一个情况不能说明他们已经订婚，这就是两人一直闭口不谈这个问题。在我看来，这个情况比哪个情况都重要。”

“这就怪啦！人家这样开诚布公，你倒能对他们的关系提出怀疑，你真把威洛比看扁啦。这么长时间，难道他对你妹妹的举动都是装出来的？你认为他真的对她冷漠无情？”

“不，我不这样认为。我相信，他肯定喜爱玛丽安。”

“但是照你的看法，他却冷漠无情、不顾后果地离开了她。如果真有此事，这岂不是一种不可思议的爱情？”

“你应该记住，我的好妈妈，我从来没有把事情看得一定如此。我承认我有疑虑，但是不像以前那么重了，也许很快就会彻底打消。假如我们发现他俩有书信来往，那么我的全部忧虑就会烟消云散。”

“你还真会假设呀：假如你见到他们站在圣坛跟前，你就会认为他们要结婚了。你这姑娘真不厚道！我可不需要这样的证据。依我看，这事儿没有什么好怀疑的。他们没有什么不可告人的，自始至终都是光明正大的。你不会怀疑你妹妹的心愿，你怀疑的一定是威洛比。但这是为什么？难道他不是个又体面、又有感情的人？难道他有什么反复无常的地方值得大惊小怪？难道他会骗人？”

“我希望他不会，也相信他不会，”埃丽诺嚷道，“我喜欢威洛比，真心实意地喜欢他。怀疑他是不是诚实，这使你感到痛苦，我心里也决不比你好受。这种怀疑是无意中形成的，我不会去有意加码。说实在的，他今天上午态度上的变化把我吓了一跳。他言谈反常，你待他那么好，他却丝毫没有诚挚相报。不过，这一切倒可以用你设想的他的处境来解释。他刚和我妹妹分手，眼看着她悲痛欲绝地跑开了。他害怕得罪史密斯太太，想早点回来又不敢，但他知道，他拒绝你的邀请，说他要离开一些日子，他将在我们一家人的心目中扮演一个形迹可疑的角色，那样他准会感到窘迫不安的。在这种情况下，我觉得他满可以直截了当地说明他的难处，这样做会更体面些，也更符合他的性格——但是我不想凭着这么狭小的气量，认为一个人和自己见解不同，或者不像我们想象的那样专一和得体，便对他的行为提出异议。”

“你说得很对。威洛比当然无可怀疑。虽然我们认识他的时间不长，他在这里却并非陌生人。有谁说过他的坏话？假若他可以自己作主，马上结婚的话，他走之前不立即把什么事情都向我交代清楚才怪呢。可是情况并非如此。从某些方面看来，这是件开头并不顺当的婚约，因为结婚还是遥遥无期的事情。现在，只要行得通，就连保密也是十分明智的。”

玛格丽特走进来，打断了她们的谈话。这时，埃丽诺才从容仔细地考虑一下母亲的这些话，承认有些说法是合乎情理的，但愿她说的全都入情入理。

她们一直没有看见玛丽安，直到吃晚饭的时候，她才走进房来，一声不响地坐到桌前。她的眼圈又红又肿，看样子，即使在当时，她也是好不容易才忍住了自己的泪水。她尽力避开众人的目光，既不吃饭，也不说话。过了一会儿，母亲怀着亲切怜惜之情，不声不响地抓住了她的手。顿时，她那点微不足道的坚毅精神被彻底摧垮了——她眼泪夺眶而出，拔腿奔出房去。

整个晚上，玛丽安都处在极度的悲痛之中。她无法克制自己，也不想克制自己。别人稍微提到一点与威洛比有关的事情，她马上就受不了。虽然一家人都在急切地尽力劝慰她，但是只要一说话，就不可能一点不触及她认为与威洛比有关的话题。

第十六章

玛丽安与威洛比分别后的当天夜里，倘若还能睡着觉的话，她就会觉得自己是绝对不可宽恕的。假如起床时不觉得比上床时更需要睡眠，她第二天早晨就没有脸面去见家里的人。正因为她把镇定自若视为一大耻辱，她也就压根儿镇定不下来。她整整一夜未曾合眼，绝大部分时间都在哭泣。起床的时候觉得头痛，不能说话，也不想吃饭，使母亲和姐姐妹妹时时刻刻都感到难过，怎么劝解都无济于事。她的情感可真够强烈的！

早饭过后，她独自走出家门，到艾伦汉村盘桓了大半个上午，一面沉缅于往日的欢乐，一面为目前的不幸而悲泣。

晚上，她是怀着同样的心情度过的。她演奏了过去常给威洛比演奏的每一首心爱的歌曲，演奏了他们过去经常同声歌唱的每一支小调，然后坐在钢琴前面，凝视着威洛比给她缮写的每一行琴谱，直至心情悲痛到无以复加的地步。而且，这种伤感的激发天天不断。她可以在钢琴前一坐几个小时，唱唱哭哭，哭哭唱唱，往往泣不成声。她读书和唱歌一样，也总是设法勾起今昔对比给她带来的痛苦。她别的书不读，专读他们过去一起读过的那些书。

确实，这种肝肠寸断的状况很难长久持续下去。过不几天，她渐渐平静下来，变得只是愁眉苦脸的。不过，每天少不了要独自散步，沉思无言，这些事情也偶尔引起她的悲痛，发泄起来像以前一样不可收拾。

威洛比没有来信，玛丽安似乎也不指望收到他的信。母亲感到惊奇，埃丽诺又变得焦灼不安起来。不过，达什伍德太太随时都能找到解释，这些解释至少使她自己感到满意。

“埃丽诺，你要记住，”她说，“我们的信件通常是由约翰爵士帮助传递来、传递去的。我们已经商定，认为有必要保守秘密。我们应该承认，假如他们的信件传过约翰爵士手里，那就没法保密啦。”

埃丽诺无法否认这一事实，她试图从中找到他们为什么要保持缄默的动机。对此，她倒有个直截了当的办法，觉得十分适宜，可以弄清事实真相，马上揭开全部谜底，于是便情不自禁地向母亲提了出来。

“你为什么不马上问问玛丽安，”她说，“看她是不是真和威洛比订婚了？你是做母亲的，对她那么仁慈，那么宽容，提出这个问题是不会惹她冒火的。这是很自然的，你这样钟爱她。她过去一向十分坦率，对你尤其如此。”

“我无论如何也不能问这样的问题。假使他们真的没有订婚，我这么一问会引起多大的痛苦啊！不管怎样，这样做太不体贴人了。人家现在不想告诉任何人的事儿，我却去硬逼着她坦白，那就休想再得到她的信任。我懂得玛丽安的心！我知道她十分爱我，一旦条件成熟，她决不会最后一个向我透露真情。我不想逼迫任何人向我交心，更不想逼迫自己的孩子向我交心，因为出于一种义务感，本来不想说的事情也要说。”

埃丽诺觉得，鉴于妹妹还很年轻，母亲待她也过于宽厚了，她再催母亲去问，还是徒劳无益。对于达什伍德太太来说，什么起码的常识、起码的关心、起码的谨慎，统统淹没在她那富有浪漫色彩的微妙性格之中。

几天之后，达什伍德家才有人在玛丽安面前提起威洛比的名字。确实，约翰爵士和詹宁斯太太并不那么体贴人，他们那些俏皮话曾多次让玛丽安心里痛上加痛。不过，有天晚上，达什伍德太太无意中拿起一本莎士比亚的书，大声嚷道：

“玛丽安，我们一直没有读完《哈姆雷特》。我们亲爱的威洛比没等我们读完就走了。我们先把书搁起来，等他回来的时候……不过，那也许得等好几个月。”

“好几个月！”玛丽安大为惊讶地叫道。“不——好几个星期也不用。”

达什伍德太太悔不该说了那番话，可埃丽诺却挺高兴，因为这些话引得玛丽安作出了答复，表明她对威洛比还充满信心，了解他的意向。

一天早晨，大约在威洛比离开乡下一个星期之后，玛丽安终于被说服了，没有独自溜走，而同意与姐姐妹妹一道去散步。迄今为止，每当外出闲逛时，她总是小心翼翼地避开别人。如果姐姐妹妹想到高地上散步，她就径直朝小路上溜掉；如果她们说去山谷，她就一溜烟往山上跑去，姐妹俩还没抬步，她已经跑得无影无踪。埃丽诺极不赞成她总是这样避开他人，最后终于把她说服了。她们顺着山谷一路走去，大部分时间都沉默不语，这一方面因为玛丽安心绪难平，一方面因为埃丽诺已经满足于刚刚取得的一点进展，不想多所希求。山谷入口处，虽然土质依然很肥，却并非野草丛生，因而显得更加开阔。入口处外边，长长的一段路呈现在眼前，她们初来巴顿时走的就是这条路。一来到入口处，便停下脚步四处眺望。以前在乡舍里，这儿是她们举目远眺的尽头，现在站在一个过去散步时从未到达的地点，仔细观看这里的景色。

在诸般景物中，很快发现一个活的目标，那是一个人骑在马上，正朝她们走来。过了几分钟，她们看得分明，他是一位绅士。又过了一会，玛丽安欣喜若狂地叫道：

"是他，真是他，我知道是他!"说罢急忙迎上前去，不料埃丽诺大声嚷道：

"真是的，玛丽安，我看你是看花了眼，那不是威洛比。那人没有威洛比高，也没有他的风度。"

"他有，他有，"玛丽安嚷道，"他肯定有！他的风度，他的外套，他的马，我早就知道他很快就会回来。"

她一边说，一边迫不及待地往前走去。埃丽诺几乎可以肯定，来人不是威洛比，为了不让玛丽安过于亲昵，她加快脚步，追了上去。转眼间，她们离那位绅士不过三十码远了。玛丽安再定睛一看，不觉凉了半截，只见她忽地转过身，匆匆往回奔去。正当姐妹两人提高嗓门喊她站住的时候，又听到一个声音，几乎和威洛比的嗓音一样熟悉，也跟着恳求她止步。玛丽安惊奇地转过身，一见是爱德华·费拉斯，连忙上前欢迎。

在那个当口，爱德华是普天之下因为不是威洛比而能被宽恕的唯一的来者，也是能够赢得玛丽安嫣然一笑的唯一的来者，只见她擦干眼泪，冲他微笑着。一时间，由于为姐姐感到高兴，竟把自己的失望抛到了脑后。

爱德华跳下马，把马交给仆人，同三位小姐一起向巴顿走去。他是专程来此拜访她们的。

他受到她们大家极其热烈的欢迎，特别是玛丽安，接待起来甚至比埃丽诺还热情周到。的确，在玛丽安看来，爱德华和姐姐的这次相会不过是一种不可思议的冷漠关系的继续。她在诺兰庄园从他们的相互态度中经常注意到这种冷漠关系。尤其是爱德华一方，他在这种场合完全缺乏一个恋人应有的言谈举止。他慌里慌张的，见到她们似乎并不觉得高兴，看上去既不狂喜也不快活。他少言寡语，只是问到了，才不得不敷衍两句，对埃丽诺毫无特别亲热的表示。玛丽安耳闻目睹，越来越感到惊讶。她几乎有点厌恶爱德华了，而这种反感与她的其他感情一样，最终都要使她回想到威洛比，他的仪态与他未来的连襟形成了鲜明的对照。

惊异、寒暄之余，大家先是沉默了一阵，然后玛丽安问爱德华，是不是直接从伦敦来的。不，他到德文郡已有两个星期了。

“两个星期!”玛丽安重复了一声，对他与埃丽诺在同一郡里待了这么长时间而一直没有见面，感到诧异。

爱德华带着惴惴不安的神情补充说，他在普利茅斯附近，一直与几位朋友待在一起。

“你近来去过苏塞克斯没有?”埃丽诺问。

“我大约一个月前去过诺兰庄园。”

“最最可爱的诺兰庄园现在是什么样啦?”玛丽安高声问道。

“最最可爱的诺兰庄园，”埃丽诺说，“大概还是每年这个时节惯有的老样子——树林里、走道上都铺满了枯叶。”

“哦!”玛丽安嚷道，“我以前见到树叶飘零时心情有多激动啊！一边走一边观赏秋风扫落叶，纷纷扬扬的，多么惬意啊！那季节，秋高气爽，激起人们多么深切的情思啊！如今，再也没有人去观赏落叶了。它们只被人们望而生厌，唰唰地一扫而光，然后刮得无影无踪。”

“不是每个人，”埃丽诺说，“都像你那样酷爱落叶。”

“是的，我的感情是人们不常有的，也不常为人们所理解。不过，有时候确有知音。”说话间，不觉陷入了沉思遐想，过了一阵，又觉醒过来。“爱德华，”她说，想把他的注意力引到眼前的景色上，“这儿是巴顿山谷。抬头瞧瞧吧，好样的别激动。看看那些山！你见过这样美的山吗?左面是巴顿庄园，坐落在树林和种植园当中。你可以望见房子的一端。再瞧那儿，那座巍然屹立的最远的山，我们的乡舍就在那山脚下。”

“这地方真美，”爱德华应道，“不过，这些低洼地到了冬天一定很泥泞。”

“面对着这样的景物，你怎么能想到泥泞?”

“因为，”他微笑着答道，“在我面前的景物中，就见到一条非常泥泞的小道。”

“好怪呀！”玛丽安边走边自言自语。

“你们在这里和邻居相处得好吧？米德尔顿夫妇惹人喜欢吗？”

“不，一点也不，”玛丽安答道，“我们的处境糟糕极了。”

“玛丽安，”她姐姐喊道，“你怎么能这样说？你怎么能这样不公平？费拉斯先生，他们是非常体面的一家人，待我们友好极了。玛丽安，难道你忘记了，他们给咱们带来了多少令人愉快的时日？”

“没有忘记，”玛丽安低声说道，“也没忘记他们给咱们带来了多少令人痛苦的时刻。”埃丽诺并不理会这话，只管把精力集中在客人身上，尽力同他保持着谈话的样子。话题不外乎她们现在的住宅条件，它的方便之处等等，偶尔使他提个问题，发表点议论。他的冷淡和沉默寡言使她深感屈辱，不由得既烦恼又有点气愤。但她决定按过去而不是现在的情况来节制自己的行动，于是她尽量避免露出忿恨不满的样子，用她认为理应对待亲戚的态度那样对待他。

第十七章

达什伍德太太见到爱德华，只惊讶了一刹那工夫，因为据她看来，他来巴顿原是再自然不过的事情。她的欣喜之情和嘘寒问暖，远比惊讶的时间要长得多。爱德华受到她极为亲切的欢迎。他的羞怯和冷漠经不起这样的接待，还没进屋就开始逐渐消失，后来干脆被达什伍德太太那富有魅力的仪态一扫而光。的确，哪个人若是爱上了她的哪位女儿，不可能不进而对她也显出一片深情。埃丽诺满意地发现，爱德华很快便恢复了常态。他似乎对她们大家重新亲热起来。看得出来，他对她们的生活又发生了兴趣。可是，他并不快活。他称赞她们的房子，叹赏房子四周的景色，和蔼亲切，殷勤备至。但他依然郁郁不乐。这，达什伍德母女都看得出来。达什伍德太太把它归咎于他母亲心胸狭隘，因而她坐下吃饭时，对所有自私自利的父母深表愤慨。

吃完晚饭，大家都围到火炉前，只听达什伍德太太说道：“爱德华，费拉斯太太现在对你的前途有什么打算？你还不由自主地想做个大演说家？”

“不。我希望我母亲现在认识到，我既没有愿望，也没有才能去从事社会活动。”

“那你准备怎样树立你的声誉呢？因为你只有出了名，才能叫你全家人感到满意。你一不爱花钱，二不好交际，三没职业，四无自信，你会发现事情很难办的。”

“我不想尝试。我也不愿意出名。我有充分的理由希望，我永远不要出名。谢天谢地！谁也不能逼着我成为天才，成为演说家。”

“你没有野心，这我很清楚。你的愿望很有限度。”

“我想和天下其他人一样有限度。和其他人一样，我希望绝对快乐。不过，和其他人一样，必须按照我自己的方式。做大人物不能使我自得其乐。”

“如果能，那才怪呢！”玛丽安嚷道。“财富和高贵与幸福有什么关系？”

“高贵与幸福是没有多大关系，”埃丽诺说，“但是财富与幸福的关系却很大。”

“埃丽诺，亏你说得出口！”玛丽安说。“财富只有在别无其他幸福来源时，才能给人以幸福。就个人而言，财富除了能提供充裕的生活条件之外，并不能给人带来真正的幸福。”

“也许，”埃丽诺笑笑说，“我们得出的结论是一致的。我敢说，你所谓的充裕生活条件和我所说的财富非常类似。如今的世界假如缺了它们，你我都会认为，也就不会有任何物质享受。你的观点只不过比我的冠冕堂皇一些罢了。你说，你的充裕标准是什么？”

“一年一千八百到两千镑，不能超过这个数，”

埃丽诺哈哈一笑。“一年两千镑！可我的财富标准只有一千镑，我早就猜到会有这个结果。”

“然而，一年两千镑是一笔十分有限的收入，”玛丽安说，“再少就没法养家啦。我想，我的要求实在并不过分。一帮像样的仆人，一辆或两辆马车，还有猎犬，钱少了不够用的。”

埃丽诺听见妹妹如此精确地算计着她将来在库姆大厦的花销，不由得又笑了。

“猎犬！”爱德华重复了一声。“你为什么要养猎犬？并不是所有的人都打猎呀。”

玛丽安脸色一红，回答说：“可是大多数人都打猎呀。”

“我希望，”玛格丽特异想天开地说，“有人能给我们每人一大笔财产！”

“哦，会给的！”玛丽安嚷道。她沉浸在幸福的幻想之中，激动得两眼闪闪发光，两颊一片红润。

“我想，”埃丽诺说，“尽管我们的财产不足，我们大家都怀有这样的希望。”

“哦，天哪！”玛格丽特叫道，“那样我该有多快活呀！我简直不知道拿这些钱干什么！”

看样子，玛丽安在这方面毫无疑虑。

“要是我的孩子不靠我的帮助都能成为有钱人，”达什伍德太太说，“我自己也不知道怎么花费这么一大笔钱。”

“你应该先改建这座房子，”埃丽诺说，“这样你的困难马上就会化为乌有。”

“在这种情况下，”爱德华说，“尊府要向伦敦发出数额多么可观的订单啊！书商、乐谱商、图片店简直要走鸿运了！你呀，达什伍德小姐，一总委托他们，凡是有价值的新出版物都邮你一份。至于玛丽安，我知道她心比天高——伦敦的乐谱还满足不了她的需要。还有书嘛！汤姆生、考柏、司各特——这些人的作品她可以一而再再而三地买下去。我想可以把每一册都买下来，免得让它们落入庸人之手。她还要把那些介绍如何欣赏老歪树的书统统买下来。不是吗，玛丽安？我若是言语冒犯的话，请多多包涵，不过我想提醒你，我还没有忘记我们过去的争论。”

“爱德华，我喜欢有人提醒我想到过去——不管它是令人伤心的，还是令人愉快的，我都喜欢回想过去——你无论怎样谈论过去，我都不会生气。你设想我会怎样花钱，设想得一点不错——有一部分，至少是那些零散钱，肯定要用来扩充我的乐谱和藏书。”

“你财产的大部分将作为年金花费在作家及其继承人身上。”

“不，爱德华，我还有别的事情要办呢。”

“那么，也许你要用来奖赏你那最得意的格言的最得力的辩护士啦。什么一个人一生只能恋爱一次呀——我想你在这个问题上的看法还没改变吧？”

“当然没改变。到了我这个年纪，看法也算定型啦，如今耳闻目睹的事情不可能改变这些看法。”

“你瞧，玛丽安还像以往那样坚定不移，”埃丽诺说，“她一点也没变。”

“她只是比以前变得严肃了一点。”

“不，爱德华，”玛丽安说，“用不着你来讥笑我。你自己也不是那么开心。”

爱德华叹息了一声，答道：“你怎么这样想呢？不过，开心历来不是我的性格的一部分。”

“我认为开心也不是玛丽安性格的一部分，”埃丽诺说，“她连活泼都称不上。她不论做什么事，都很认真，都很性急——有时候话很多，而且总是很兴奋——但她通常并不十分开心。”

“我相信你说得对，”爱德华答道，“然而我一直把她看成一位活泼的姑娘。”

“我曾屡次发现自己犯有这种错误，”埃丽诺说，“在这样那样的问题上完全误解别人的性格，总是把人家想象得同实际情况大相径庭：不是过于快乐，就是过于严肃；不是太机灵，就是太愚蠢。我也说不清什么原因，怎么会引起这种误解的。有时候为他们本人的自我谈论所左右，更多的是为其他人对他们的议论所左右，而自己却没有时间进行考虑和判断。”

“不过，埃丽诺，”玛丽安说，“我认为完全为别人的意见所左右并没有什么错。我觉得，我们之所以被赋予判断力，只是为了好屈从别人的判断。这想必一向是你的信条。”

“不，玛丽安，决非如此。我的信条从来不主张屈从别人的判断。我历来试图开导你的只是在举止上。你不要歪曲我的意思。我承认，我经常劝你对待朋友都要注意礼貌。但我什么时候劝说你在重大问题上采纳他们的观点，遵从他们的判断？”

爱德华对埃丽诺说：“这么说，你还没能说服你妹妹接受你的要普遍注意礼貌的信条啦。你还没有占上风吧？”

“恰恰相反。”埃丽诺答道，一面意味深长地望着玛丽安。

“就这个问题而论，”爱德华说，“我在见解上完全站在你这一边，但在实践上，恐怕更倾向你妹妹。我从来不愿唐突无礼，不过我也实在胆怯得出奇，经常显得畏畏缩缩的，其实只是吃了生性欠机灵的亏。我时常在想，我准是天性注定喜欢结交下等人，一来到陌生的上等人之间就感到局促不安。”

“玛丽安没有羞怯可言，不好给自己的不注意礼貌作辩解。”埃丽诺说。

“她对自己的价值了解得一清二楚，不需要故作羞愧之态，”爱德华答道，“羞怯只是自卑感引起的某种反应。倘若我能自信自己的仪态十分从容文雅，我就不会感到羞怯。”

“可是你还会拘谨的，”玛丽安说，“这就更糟糕。”

爱德华不由一惊。“拘谨？我拘谨吗，玛丽安？”

“是的，非常拘谨。”

“我不明白你的意思，”爱德华红着脸答道，“拘谨！我怎么个拘谨法？你叫我对你说什么？你是怎么想象的？”

埃丽诺见他如此激动，显得很惊讶，不过想尽量一笑了之，便对他说：“难道你不了解我妹妹，还去问她什么意思？难道你不知道她把所有说话没有她快、不能像她那样欣喜若狂地赞赏她所赞赏的东西的人，一律称之为拘谨？”

爱德华没有回答。他又完全回到严肃和沉思的情态，呆滞地坐在那里，半天不作声。

第十八章

埃丽诺看到她的朋友闷闷不乐，心里大为不安。爱德华的来访给她带来了非常有限的一点欢快，而他自己似乎也不十分快乐。显而易见，他并不快活。她希望，他能同样显而易见地依然对她一往情深。她一度相信自己是能够激起他的这种深情的。可事到如今，他是不是仍然喜爱她，似乎非常捉摸不定。他刚才的眼神还是脉脉含情的，转瞬间却又采取了截然相反的态度，对她冷淡起来。

第二天一早，还没等其他人下楼，他就同埃丽诺和玛丽安一起走进了餐厅。玛丽安总想极力促进他们的幸福，马上离去，留下他们两个。但是，她上楼还没走到一半，便听到客厅门打开了，回头一看，惊讶地发现是爱德华走了出来。

“既然早饭还没准备好，”他说，“我先到庄上看看马，一会儿就回来。”

爱德华回来后，又对四周的景致重新赞赏了一番。他往庄上走时，山谷很多地方给他留下了美好的印象。村庄本身所处的地段比乡舍高得多，周围的景色可以一览无余，使他为之心醉神迷。这是个玛丽安肯定感兴趣的话题，她开始叙说她自己对这些景色如何赞赏，同时详细询问哪些景物给他的印象最深。不料爱德华打断了她的话，说：“你不要细问，玛丽安——别忘记，我对风景一窍不通，要是谈得太具体了，我的无知和缺乏审美力一定会引起你们的反感。本来是险峻的山岭，我却称之为陡峭的山岭，本来是崎岖不平的地面，我却称之为奇形怪状的地面；在柔和的雾霭中，有些远景本来只是有些隐约不清，我却一概视而不见。不过，对于我的诚挚赞赏，你一定会感到满意的。我说这地方非常优美——山高坡陡，佳木成林，峡谷幽邃，景色宜人——丰美的草地，零零散散地点缀着几幢整洁的农舍。这正是我心目中的美景，因为它将优美和实用融为一体——这里大概还称得上是风景如画吧，因为连你也称赞它。不难相信，这里一定是怪石嶙峋，岬角密布，灰苔遍地，灌木丛生，不过这一切我概不欣赏。我对风景一窍不通。”

“这恐怕是千真万确的，”玛丽安说，“但你为什么要为之吹嘘呢?”

“我怀疑，”埃丽诺说，“爱德华为了避免一种形式的装模作样，结果陷入了另一种形式的装模作样。他认为，许多人喜欢虚情假意地赞赏大自然的美丽，不禁对这种装模作样产生了恶感，于是便假装对自然景色毫无兴趣，毫无鉴赏力。他是个爱挑剔的人，要有自己的装模作样。”

“一点不错，”玛丽安说，“赞赏风景成了仅仅是讲些行话。人人都装作和第一个给风景优美下定义的人一样，无论是感受起来还是描绘起来，都情趣盎然，雅致不凡。我讨厌任何一种行话，有时候我把自己的感受闷在心里，因为除了那些毫无意义的陈词滥调之外，我找不到别的语言来形容。”

“你自称喜欢美丽的景色，”爱德华说，“我相信这是你的真实感觉。然而，反过来，你姐姐必须允许我只具有我所声称的那种感受。我喜爱美丽的景色，但不是基于风景如画的原则。我不喜欢弯弯扭扭、枯萎干瘪的老树。它们要是高大挺拔、枝繁叶茂，我就更赞赏它们了。我不喜欢坍塌破败的乡舍，不喜欢荨麻、蓟花、石南花。我宁愿住在一座舒舒适适的农舍里，也不愿住在一间岗楼上——而即使天下最潇洒的歹徒也没有一伙整洁、快活的村民使我更喜爱。”

玛丽安惊异地望望爱德华，同情地瞧瞧姐姐。埃丽诺只是哈哈一笑。

这个话题没有继续谈论下去。玛丽安默默沉思着，直至一个新玩意儿突然攫住了她的注意力。她就坐在爱德华旁边，当爱德华伸手去接达什伍德太太递来的茶时，他的手恰好从她眼前伸过，只见他一根指头上戴着一只惹人注目的戒指，中间还夹着一绺头发。

“爱德华，我以前从没见你戴过戒指呀，”她惊叫道，“那是不是范妮的头发？我记得她答应送你一绺头发。不过，我想她的头发更黑一些。”

玛丽安无所顾忌地说出了心里话——可是，当她发现爱德华给她搞得不胜难堪时，她又对自己缺少心眼感到恼火，简直比爱德华还恼火。爱德华满脸涨得通红，不由得瞥了埃丽诺一眼，然后答道：

“是的，是我姐姐的头发。你知道，由于戒指框子的投光，头发颜色的浓淡程度看起来总有变化。”

埃丽诺刚才触到了他的目光，同样显得很尴尬。霎时间，她和玛丽安都感到十分得意，因为这头发就是她埃丽诺的。她们的结论的唯一区别在于：玛丽安认为这是姐姐慷慨赠送的，而埃丽诺却意识到，这一定是爱德华暗中要弄什么诡计，偷偷摸摸搞到手的。不过，她无心把这看成一种冒犯，只管装作毫不介意的样子，立即转换了话题。但她暗中却下定决心，要抓住一切机会仔细瞧瞧，以便确信那绺头发和她的头发完全是一个颜色。

爱德华尴尬了好一阵工夫，最后变得越发心不在焉。整个上午，他都一本正经的。玛丽安严厉地责怪自己说了那番话。然而，假如她知道姐姐一点也没生气的话，她会马上原谅自己的。

还没到中午，约翰爵士和詹宁斯太太便听说乡舍里来了一位绅士，连忙赶来拜见。约翰爵士在岳母的帮助下，不久便发现：费拉斯这个姓的头一个字是“费”，这就为他们将来戏虐痴情的埃丽诺提供了大量笑料。只因刚刚认识爱德华，才没敢立即造次行事。然而，事实上，埃丽诺从他们意味深长的神气中看得出来，他们根据玛格丽特所提供的线索，已经洞察内情了。

约翰爵士每次来访，不是请达什伍德母女次日到府第吃饭，就是请她们当晚去喝茶。这一次，为了盛情款待她们的客人，他觉得自己理应为客人的娱乐做出贡献，于是便想两道邀请一起下。

“你们今晚一定要同我们一起喝茶，”他说，“不然我们将会寂寥寡欢——明天你们务必要和我们一道吃晚饭，因为我们要有一大帮客人。”

詹宁斯太太进一步强调了这种必要性。“说不定你还会举行一次舞会呢！”她说。“这对你就有诱惑力啦，玛丽安小姐。”

“舞会！”玛丽安嚷道。“不可能！谁来跳舞？”

“谁？噢，当然是你们啦，还有凯里府上的小姐们，惠特克斯府上的小姐们。怎么！你认为某一个人（现在且不说出他的姓名）不在了，就没有人能跳舞啦！”

“我衷心希望，”约翰爵士嚷道，“威洛比能再回到我们中间。”

一听这话，再见到玛丽安羞红了脸，爱德华产生了新的怀疑。“威洛比是谁？”他低声向坐在旁边的埃丽诺问道。

埃丽诺简短地回答了一句。玛丽安的面部表情更能说明问题。爱德华看得真切，不仅可以领会别人的意思，而且还可以领会先前使他迷惑不解的玛丽安的面部表情。等客人散去后，他立即走到她跟前，悄声说道："我一直在猜测。要不要告诉你我在猜什么？"

"你这是什么意思？"

"要我告诉你吗？"

"当然。"

"那好，我猜威洛比先生爱打猎。"

玛丽安吃了一惊，显得十分狼狈，然而一见到他那副不露声色的调皮相，她又忍不住笑了。沉默了一阵之后，她说：

"哦！爱德华！你怎么能这么说？不过，我希望那个时候会来到……我想你一定会喜欢他的。"

"对此我并不怀疑，"爱德华回答说，对玛丽安的诚挚和热情大为惊讶。他本来只是想根据威洛比先生和玛丽安之间可能存在、也可能不存在的关系，来开个玩笑，以便让大伙开开心，否则他是不会冒昧提起这件事的。

第十九章

爱德华在巴顿乡舍逗留了一个星期。达什伍德太太情真意切地挽留他多住几天。怎奈他好像一心想做苦行僧似的，偏偏在与朋友们相处得最愉快的时候，执意要走。最后两三天，他的情绪虽说依然时高时低，却有很大改观——他越来越喜爱这幢房子及其环境——每当提起要离开总要叹息一声——声称他的时间完全是空闲着的——甚至怀疑走后不知到何处去——但他还是要走。从来没有哪个星期过得这么快——他简直不敢相信已经过去了。

他反反复复地这么说着，也还说了其他一些话，表明他感情上起了变化，先前的行动都是虚假的。他在诺兰庄园并不感到愉快，他讨厌住在城里，但是他这一走，不是去诺兰庄园，就要去伦敦。他无比珍惜她们的一片好心，他的最大幸福就是同她们呆在一起。然而，一周过去他还是要走，尽管她们和他本人都不希望他走，尽管他没有任何时间限制。

埃丽诺把他这些令人惊讶的行动完全归咎于他的母亲。使她感到庆幸的是，他能有这样一位母亲，她的脾性她不甚了解，爱德华一有什么莫名其妙的事情，就可以到她那里找借口。不过，虽然她失望、苦恼，有时还为他待自己反复无常而生气，但是一般说来，她对他的行为总是坦率地加以开脱，宽宏大量地为之辩解。想当初，她母亲劝说她对威洛比采取同样的态度时，可就费劲多了。爱德华的情绪低落、不够坦率和反复无常，通常被归因于他的不能独立自主，归因于他深知费拉斯太太的脾气和心机。他才住了这么几天就一味地坚持要走，其原因同样在于他不能随心所欲，在于他不得不顺从他母亲的意志。意愿服从义务、子女服从父母的冤情古已有之，根深蒂固，实属万恶之源。

她很想知道，这些苦难什么时候能结束，这种对抗什么时候能休止——费拉斯太太什么时候能张望改邪归正，她儿子什么时候能得到自由和幸福。不过，这都是些痴心妄想，为了安慰自己，她不得不转而重新相信爱德华对她一片钟情，回想起他在巴顿逗留期间，在神色和言谈上对她流露出来的任何一点爱慕之情，特别是他时时刻刻戴在手指上的那件信物，更加使她洋洋得意。

最后一个早晨，大家在一起吃早饭的时候，达什伍德太太说："爱德华，我觉得，你若是有个职业干干，给你的计划和行动增添点兴味，那样你就会成为一个更加快乐的人儿。的确，这会给你的朋友们带来某些不便——你将不可能把很多时间花在他们身上。不过"（微笑地说）"这一点起码对你会大有裨益——就是你离开他们时能知道往哪里去。"

"说实在的，"爱德华回答说，"我在这个问题上考虑了好久。我没有必要的事务缠身，没有什么职业可以从事，也不能使我获得一点自立，这无论在过去、现在或将来，永远是我的一大不幸。遗憾的是，我自已的挑剔和朋友们的挑剔，使我落到现在这个样子，变成一个游手好闲、不能自立的人。我们在选择职业上从来达不成一致意见。我总是喜爱牧师这个职务，现在仍然如此。可是我家里的人觉得那不合时尚。他们建议我参加陆军，可那又太衣冠楚楚了，非我所能。做律师被认为是很体面的职业。不少年轻人在法学协会里设有办公室，经常在上流社会抛头露面，乘着十分时髦的双轮轻便马车在城里兜来兜去。但是我不想做律师，即使像我家里的人主张的那样不求深入地研究一下法律，我也不愿意。至于海军，倒挺时髦，可是当这事第一次提到议事日程上时，我已经年龄太大。最后，因为没有必要让我非找个职业不可，因为我身上穿不穿红制服都会同样神气，同样奢华，于是，整个来说，无所事事便被断定为最有利、最体面。一般说来，一个十八岁的年轻人并不真想忙忙碌碌的，朋友们都劝我什么事情也别干，我岂能拒不接受？于是我被送进牛津大学，从此便真正无所事事了。”

“我想，这就会带来一个后果，”达什伍德太太说，“既然游手好闲并没有促进你的幸福，你要培养你的儿子和卢米拉的儿子一样，从事许多工作、许多职业和许多行业。”

“我将培养他们，”他带着一本正经的口气说道，“尽量不像我——感情上、行动上、身份上，一切都不像我。”

“得啦，得啦，爱德华，这只不过是你目前意气消沉的流露。你心情抑郁，以为凡是和你不一样的人一定都很幸福。可是你别忘记，有时候与朋友离别的痛苦谁都感觉得到，不管他们的教养和地位如何。你要看到自己的幸福。你只需要有耐心——或者说得动听一些，把它称之为希望。你渴望独立，你母亲总有一天会成全你的。这是她的义务，现在是，将来还是。过不了多久，她就会把不让你忧郁不乐地虚度青春视为她的幸福。几个月的工夫会带来多大的变化啊！”

“依我看，”爱德华回答，“再过多少个月也不会给我带来任何好处。”

他的这沮种丧心情虽然难以向达什伍德太太言传，却在接踵而来的分别之际，给她们大家带来了更多的痛苦。特别是给埃丽诺留下的痛苦，需要付出很大努力，花费很长时间，才能加以克服。

不过，她决心克制住这感情，在爱德华走后不要显得比其他人更难过，因此她没有采取玛丽安在同样情况下采取的审慎办法：一个人闷声不响、无所事事地呆着，结果搞得越来越伤心。她们的目标不同，方法各异，但都同样达到了各自的目的。

爱德华一走，埃丽诺便坐到画桌前，整天忙个不停，既不主动提起他的名字，也不有意避而不提，对于家里的日常事务几乎像以前一样关心。如果说她这样做并未减少她的痛苦，至少没有使痛苦无谓地增长起来，这就给母亲和妹妹们免除了不少忧虑。

玛丽安觉得，就如同她自己的行为不见得错到哪里一样，她姐姐的行为纵使与她的行为截然相反，也不见得值得称赞。如何看待自我克制，她觉得是再容易不过的：若是感情强烈的话，这是不可能的；要是心情镇定的话，也没有什么好称道的。她不敢否认她姐姐的心情确实是镇定的，虽然她羞于承认这一点。她自己感情之强烈，已表现得十分明显，因为她仍然喜爱和尊重她那位姐姐，尽管这事有些恼人。

埃丽诺虽然没有把自己同家里的人隔离开来，没有执意避开她们独自走出家门，也没有彻夜不眠地冥思苦想，但她每天都有些闲暇思念一番爱德华，回顾一下他的一举一动，而且在不同的时间，由于心境不同，采取的方式也不尽相同：有温柔，有怜惜，有赞同，有责怪，有疑虑，真是应有尽有。也有不少时候，如果不是因为母亲和妹妹们不在跟前，至少是因为她们在忙碌什么要紧事，大伙儿不能交谈，那么孤独的效果就要充分显现出来。她的思想必然要自由驰骋，不过她也不会往别处想。这是如此富有情趣的一个问题，其过去和未来的情景总要浮现在她的眼前，引起她的注意，激起她的回想、遐想和幻想。

爱德华离去不久的一天早晨，她正坐在画桌前出神，不料来了客人，打断了她的沉思。碰巧只她一个人在家，一听到屋前绿茵庭院入口处的小门给关上了，便抬眼向窗口望去，看见一大伙人朝房门口走来。来客中有约翰爵士、米德尔顿夫人和詹宁斯太太；此外还有两个人，一男一女，她从未见过，她坐在窗口附近，约翰爵士一发觉她，便让别人去敲门，他径自穿过草坪，埃丽诺只好打开窗子同他说话。其实门口与窗口之间距离很近，站在一处说话另一处不可能听不到。

“喂，”爵士说，“我给你们带来了两位稀客。你喜欢他们吗？”

“嘘！他们会听见的。”

“听见也没关系。只是帕尔默夫妇。我可以告诉你，夏洛特很漂亮。你从这里看去，能看见她。”

埃丽诺知道过一会儿就能看到她，便没有贸然行事，请他原谅。

“玛丽安哪儿去了？是不是见我们来了溜走啦？我看见她的钢琴还打开着。”

“想必是在散步。”

这时，詹宁斯太太凑了过来。她实在忍不住了，等不及开门后再叙说她的一肚子话，便走过来冲着窗口吆喝起来：“你好啊，亲爱的？达什伍德太太好吗？你两个妹妹哪儿去啦？什么！只你一个人！你一定欢迎有人陪你坐坐。我把我另一对女婿女儿领来看望你啦。你只要想想他们来得多么突然啊！昨晚喝茶的时候，我觉得听见了马车的声音，但我万万没有想到会是他俩。我只想到说不定是布兰登上校又回来了。于是我对约翰爵士说：‘我肯定听见了马车的声音，也许是布兰登上校又回来了——’”

听她讲到一半的时候，埃丽诺只好转身欢迎其他人。米德尔顿夫人介绍了两位稀客。这时，达什伍德太太和玛格丽特走下楼来，大家坐定，你看看我，我瞧瞧你。詹宁斯太太由约翰爵士陪伴，从走廊走进客厅，一边走一边继续絮叨她的故事。

帕尔默夫人比米德尔顿夫人小好几岁，各方面都和她截然不同。她又矮又胖，长着一副十分漂亮的面孔，喜气盈盈的，要多好看有多好看。她的仪态远远没有她姐姐来得优雅，不过却更有魅力。她笑吟吟地走了进来——整个拜访期间都是笑吟吟的（只有哈哈大笑的时候例外），离开的时候也是笑吟吟的。她丈夫是个不苟言笑的年轻人，二十五六岁，看那气派，比他妻子更入时、更有见识，但不像她那样爱讨好人，爱叫人奉承。他带着妄自尊大的神气走进房来，一声不响地向女士们微微点了下头，然后迅速把众人和房间打量了一番，便拿起桌上的一张报纸，一直阅读到离开为止。

帕尔默夫人恰恰相反，天生的热烈性子，始终客客气气、快快活活的，屁股还没坐定就对客厅和里面的每件陈设啧啧称赞起来。

“哦：多惬意的房子啊！我从没见过这么漂亮的房子：妈妈，你想想看，自我最后一次到这儿以来，变化有多大啊！我总认为这是一个宜人的地方，太太，”（转向达什伍德太太）“你把它装点得这么漂亮！你看看，姐姐，一切布置得多么可人意啊！我多么希望自己能有这样一座房子。你难道不希望吗，帕尔默先生？”

帕尔默先生没有理睬她，甚至连视线都没离开报纸。

“帕尔默先生没听见我的话，”她一边说一边笑，“他有时候一点也听不见。真够滑稽的！”

这事在达什伍德太太看来还真够新鲜的。她以前从没发现什么人漫不经心时也能这么富有情趣，因此禁不住惊讶地看着他们俩。

与此同时，詹宁斯太太放开嗓门谈个不停，继续介绍他们头天晚上意外地见到他们的朋友的情景，直至点滴不漏地讲完了方才罢休。帕尔默夫人一想起当时大家惊愕的样子，忍不住开心地哈哈大笑起来。大家一致表示了两三次：这的确令人喜出望外。

“你们可以相信，我们见到他俩有多高兴啊，”詹宁斯太太补充说。她向前朝埃丽诺探着身子，说话时声音放得很低，好像不想让别人听见似的，其实她俩分坐在房间的两边。

“不过，我还是希望他们路上不要赶得这么急，不要跑这么远的路，因为他们有点事儿，经由伦敦绕道而来。你们知道，”（她意味深长地点点头，拿手指着她女儿）“她身子不方便。我要她上午呆在家里好好歇歇，可她偏要跟我们一道来。她多么渴望见见你们一家人！”

帕尔默夫人哈哈一笑，说这并不碍事。

“她二月份就要分娩，”詹宁斯太太接着说。

米德尔顿夫人再也忍受不了这种谈话了，因此便硬着头皮问帕尔默先生：报上有没有什么消息。

“没有，一点没有，”他答道，然后又继续往下看。

“噢，玛丽安来了，”约翰爵士嚷道，“帕尔默，你要见到一位绝世佳人啦。”

他当即走进走廊，打开正门，亲自把玛丽安迎进房来。玛丽安一露面，詹宁斯太太就问她是不是去艾伦汉了。帕尔默夫人听到这句问话，禁不住纵情大笑起来，以表示她明白其中的奥妙。帕尔默先生见玛丽安走进屋里，便抬起头来凝视了几分钟，然后又回头看他的报纸。这时，四面墙上挂着的图画引起了帕尔默夫人的注意。她起身仔细观赏起来。

“哦！天哪，多美的画儿！嘿，多赏心悦目啊：快看呀，妈妈，多惹人喜欢啊！你们听我说吧，这些画儿可真迷人，真叫我一辈子都看不厌。”说罢又坐了下来，转眼间就把室内有画儿的事情忘得一干二净。

米德尔顿夫人起身告辞的时候，帕尔默先生也跟着站起来，搁下报纸，伸伸懒腰，然后环视了一下众人。

“我的宝贝，你睡着了吧？”他妻子边说边哈哈大笑。

做丈夫的没有理睬她，只是又审视这房间，说天花板很低，而且有点歪。然后点了下头，跟其他客人一起告辞而去。

约翰爵士一定要达什伍德母女次日到他家做客。达什伍德太太不愿意使自己到他们那儿吃饭的次数，超过他们来乡舍吃饭的次数，于是她自己断然谢绝了，女儿们去不去随她们的便。但是，女儿们并无兴致观看帕尔默夫妇如何吃晚饭，也不指望他们能带来任何别的乐趣，因此同样婉言谢绝了，说什么天气反复无常，不见得会晴朗。

可是约翰爵士说什么也不依——他会派车来接的，一定要她们去。米德尔顿夫人虽然没有勉强达什伍德太太，却硬叫她的女儿们非去不可。詹宁斯太太和帕尔默夫人也跟着一起恳求，好似一个个都急切希望不要搞成一次家庭聚会，达什伍德家小姐们无可奈何，只好让步。

“他们为什么要邀请我们？”客人们一走，玛丽安便问道。“我们的房租据说比较低。不过，要是不管什么时候我们两家来了客人，我们都要到他家去吃饭的话，那么住在这里条件也够苛刻的。”

“和几周前我们接受他们的频繁邀请相比，”埃丽诺说，“现在，他们不见得有什么不客气、不友好的意图。要是他们的宴会变得越来越索然乏味，那变化倒不在他们身上。我们必须到别处寻找变化。”

第二十章

第二天，当达什伍德家三位小姐从一道门走进巴顿庄园客厅时，帕尔默夫人从另一道门跑了进来，和以前一样兴高采烈。她不胜亲昵地抓住她们的手，对再次见到她们深表高兴。

“见到你们真高兴！”她说，一面在埃丽诺和玛丽安中间坐下，“天气不好，我还真怕你们不来了呢，那样该有多糟糕啊，因为我们明天就要离开。我们一定要走，因为韦斯顿夫妇下礼拜要来看我们，知道吗？我们来得太突然，马车停到门口我还不知道呢，只听帕尔默先生问我：愿不愿意和他一道去巴顿。他真滑稽！干什么事都不告诉我：很抱歉，我们不能多呆些日子。不过，我希望我们能很快在城里再见面。”

她们只得让她打消这个指望。

“不进城！”帕尔默夫人笑着嚷道。“你们若是不去，我可要大失所望啦。我可以在我们隔壁给你们找个天下最舒适的房子，就在汉诺佛广场。你们无论如何也要来。如果达什伍德太太不愿抛头露面的话，我一定乐于随时陪着你们，直到我分娩的时候为止。”

她们向她道谢，但是又不得不拒绝她的一再恳求。

“哦，我的宝贝，”帕尔默夫人对恰在这时走进房来的丈夫喊叫道，“你要帮我劝说几位达什伍德小姐今年冬天进城去。”

她的宝贝没有回答。他向小姐们微微点了点头，随即抱怨起天气来。

“真讨厌透顶！”他说。“这天气搞得每件事、每个人都那么令人厌恶。天一下雨，室内室外都一样单调乏味，使人对自己的相识全都厌恶起来。约翰爵士到底是什么意思，家里也不辟个弹子房？会享受的人怎么这么少！约翰爵士就像这天气一样无聊。”

转眼间，其他人也走进客厅。

“玛丽安，”约翰爵士说，“你恐怕今天没能照例去艾伦汉散步啊。”

玛丽安板着面孔，一言不发。

“嗨！别在我们面前躲躲闪闪的，”帕尔默夫人说，“说实在的，我们什么都知道了。我很钦佩你的眼光，我觉得他漂亮极了。你知道，我们乡下的住处离他家不很远，大概不超过十英里。”

“都快三十英里啦，”她丈夫说。

“哎！这没有多大差别。我从未去过他家，不过大家都说，那是个十分优美的地方。”

“是我生平见到的最糟糕的地方，”帕尔默先生说。

玛丽安仍然一声不响，虽然从她的面部表情可以看出，她对他们的谈话内容很感兴趣。

“非常糟糕吗？”帕尔默夫人接着说，“那么，那个十分优美的地方准是别的住宅啦。”

当大家在餐厅坐定以后，约翰爵士遗憾地说，他们总共只有八个人。

“我亲爱的，”他对他夫人说，“就这么几个人，太令人扫兴了。你怎么今天不请吉尔伯特夫妇来?”

“约翰爵士，你先前对我说起这件事的时候，难道我没告诉你不能再请他们了？他们上次刚同我们吃过饭。”

“约翰爵士，”詹宁斯太太说，“你我不要太拘泥礼节了。”

“那样你就太缺乏教养啦，”帕尔默先生嚷道。

“我的宝贝，你跟谁都过不去，”他妻子说，一面像通常那样哈哈一笑。“你知道你很鲁莽无礼吗?”

“我不知道说一声你母亲缺乏教养，就是跟谁过不去。”

“啊，你爱怎么骂我就怎么骂我好啦，”那位温厚的老太太说道。“你从我手里夺走了夏洛特，现在想退也退不了。所以，你已经被捏在我的掌心里啦。”

夏洛特一想到她丈夫摆脱不了她，不由得纵情地笑了起来，然后自鸣得意地说：她并不在乎丈夫对她有多粗暴，因为他们总得生活在一起。谁也不可能像帕尔默夫人那样绝对和和气气，始终欢欢乐乐。她丈夫故意冷落她，傲视她，嫌弃她，都不曾给她带来任何痛苦；他申斥她、辱骂她的时候，她反而感到其乐无穷。

“帕尔默先生真滑稽!”她对埃丽诺小声说。“他总是闷闷不乐。”

埃丽诺经过一段短暂的观察，并不相信帕尔默先生真像他想表露的那样脾气不好，缺乏教养。也许他像许多男人一样，由于对美貌抱有莫名其妙的偏爱，结果娶了一个愚不可及的女人，这就使他的脾气变得有点乖戾了——不过她知道，这种错误太司空见惯了，凡是有点理智的人都不会没完没了地痛苦下去。她以为，他大概是一心想出人头地，才那样鄙视一切人，非难眼前的一切事物。这是一心想表现得高人一等。这种动机十分普通，不足为怪。可是方法则不然，尽管可以使他在缺乏教养上高人一等，却不可能使任何人喜爱他，只有他的妻子例外。

“哦！亲爱的达什伍德小姐，”帕尔默夫人随后说道，“我要请你和妹妹赏光，今年圣诞节来克利夫兰住些日子。真的，请赏光——趁韦斯顿夫妇在做客的时候来。你想象不到我会多高兴！那一定快乐极了！我的宝贝，”她求情于她丈夫，“难道你不希望达什伍德小姐们去克利夫兰？”

“当然希望，”丈夫讪笑着说，“我来德文郡别无其他目的。”

“你瞧，”她的夫人说道，“帕尔默先生期待你们光临，你们可不能拒绝呀。”

她们急切而坚决地拒绝了她的邀请。

“说真的，你们无论如何也要来。你们肯定会喜欢得不得了。韦斯顿夫妇要来做客，快乐极了。你想象不到克利夫兰是个多么可爱的地方。我们现在可开心啦，因为帕尔默先生总是四处奔走，作竞选演说，好多人我见都没见过，也来我们家吃饭，好开心啊！不过，可怜的家伙！他也真够疲劳的！因为他要取悦每一个人。”

埃丽诺对这项职责的艰巨性表示同意时，简直有点忍不住笑。

“他若是进了议会，”夏洛特说，“那该有多开心啊！是吧？我要笑开怀啦！看到寄给他的信上都盖着，‘下院议员’的邮戳，那该有多滑稽啊！不过你知道，他说他决不会给我签发免费信件的。他宣布决不这么干！是吧，帕尔默先生？”

帕尔默先生并不理睬她。

“你知道，让他写信他可受不了，”夏洛特接着说，“他说那太令人厌烦。”

“不，”帕尔默先生说，“我从没说过这么荒谬的话。不要把你那些凌辱性的语言都强加到我头上。”

“你瞧，他有多滑稽。他总是这个样子！有时候，他能一连半天不和我说话，然后突然蹦出几句滑稽话语来——天南海北的什么都有。”

一回到客厅，夏洛特便问埃丽诺是不是极其喜欢帕尔默先生，使埃丽诺大吃一惊。

“当然喜欢，”埃丽诺说，“他看上去非常谦和。”

“哦——你喜欢他，我真高兴，我知道你会喜欢他的，他是那样和气。我可以告诉你，帕尔默先生极其喜欢你和你两个妹妹。你想象不到，你们若是不去克利夫兰，他会多么失望。我无法想象你们怎么会拒绝。”

埃丽诺只好再次谢绝她的邀请，并且趁机转了话题，结束了她的恳求。她觉得，帕尔默夫人与威洛比既然是同乡，或许能具体地介绍一下他的整个为人，而不只是米德尔顿夫妇那点一鳞半爪的材料。她热切地希望有人来证实一番他的优点，以解除她对玛丽安的忧虑。她开头先问他们是不是在克利夫兰常常见到威洛比，是不是与他交情很深。

“哦！亲爱的，是的，我极其了解他，”帕尔默夫人回答，“说真的，我倒没同他说过话。不过我在城里总是见到他。不知道为什么，他去艾伦汉的时候，我一次也没赶上呆在巴顿。我母亲过去在这里见过他一次，可我跟舅舅住在韦默思。不过我敢说，若不是因为我们不巧一次也没一起回乡的话，我们在萨默塞特郡一定会常见到他的。我想他很少去库姆。不过，即使他常去那里，我想帕尔默先生也不会去拜访他的，因为你知道他是反对党的，况且又离得那么远。我很清楚你为什么打听他，你妹妹要嫁给他。我高兴死了，因为她要做我的邻居啦，懂吗？”

“说老实话，”埃丽诺回答说，“你若是有把握期待这门婚事的话，那么你就比我更知情了。”

“不要故作不知啦，因为你知道这是大家都在纷纷议论的事情。说实在的，我是路过城里时听到的。”

“我亲爱的帕尔默夫人！”

“我以名誉担保，我的确听说了。星期一早晨，在邦德街，就在我们离城之前，我遇到了布兰登上校，他直截了当告诉我的。”

“你让我大吃一惊。布兰登上校会告诉你这种事儿！你准是搞错了。我不相信布兰登上校会把这种消息告诉一个与之无关的人，即使这消息是真实的。”

“尽管如此，我向你保证确有其事，我可以把事情的来龙去脉讲给你听听。我们遇见他的时候，他转回身和我们一道走着。我们谈起了我姐姐和我姐夫，一件件地谈论着。这时我对他说：“对了，上校，我听说有一户人家新近住进了巴顿乡舍，我母亲来信说她们长得很漂亮，还说有一位就要嫁给库姆大厦的威洛比先生。请问，是不是真有其事？你当然应该知道啦，因为你不久前还呆在德文郡。”

“上校怎么说的？”

“噢，他没说多少话。不过看他那神气，他好像知道确有其事，于是从那时起，我就确信无疑了。我敢断言，这是件大喜事！什么时候办呀？”

“我希望，布兰登先生还好吧？”

“哦！是的，相当好。他对你推崇备至，一个劲儿称赞你。”

“受到他的赞扬，我感到荣幸。他似乎是个极好的人，我觉得他异常可爱。”

“我也这么觉得。他是个可爱的人，可惜太严肃、太刻板了。我母亲说，他也爱上了你妹妹。说实话，他若是真爱上你妹妹，那可是极大的面子，因为他难得爱上什么人。”“在萨默塞特郡你们那一带，人们很熟悉威洛比先生吧？”埃丽诺问。

“哦！是的，极其熟悉。这并非说，我认为有许多人认识他，因为库姆大厦相距太远。不过我敢说，大家都认为他极其和悦。威洛比先生无论走到哪里，谁也没有他那样讨人喜欢，你可以这样告诉你妹妹。我以名誉担保，你妹妹找到他真是天大的福气。这倒不是说他找到你妹妹就不算极其幸运，因为你妹妹太漂亮、太温柔了，谁都难以匹配。不过我向你保证，我并不觉得你妹妹比你漂亮。我认为你们两人都很漂亮。帕尔默先生肯定也是这样认为的，只是昨晚我们无法让他承认罢了。”

帕尔默夫人关于威洛比的情报并无什么实质性的内容，不过任何有利于他的证据，不管多么微不足道，都会使埃丽诺感到高兴。

“我很高兴，我们终于相识了，”夏洛特继续说。“我希望我们永远是好朋友。你想不到我多么渴望见到你呀！你能住在乡舍里，这实在太好了！毫无疑问，没有比这更好的了！我很高兴，你妹妹就要嫁个如意郎君！我希望你常去库姆大厦，大家都说，这是个可爱的地方。”

“你和布兰登上校认识好久了，是吗？”

“是的，好久了，从我姐姐出嫁的时候起。他是约翰爵士的挚友。我认为，”她放低声音补充说，“假若可能的话，他本来很想娶我做妻子。约翰爵士和米德尔顿夫人很希望如此。可是我母亲觉得这门亲事不够如意，不然约翰爵士就会向上校提亲，我们当即就能结婚。”

“约翰爵士向你母亲提议之前，布兰登上校知不知道？他有没有向你表过钟情？”

“哦！没有，不过，假如我母亲不反对的话，我敢说他是求之不得的。当时，他只不过见过我两次，因为我还在上学。不过，我现在幸福多了。帕尔默先生正是我喜爱的那种人。”

第二十一章

第二天，帕尔默夫妇回到克利夫兰，巴顿的两家人又可以礼尚往来地请来请去了。但是，埃丽诺始终没有忘掉她们上次的客人——她还在纳闷：夏洛特怎么能无缘无故地这么快乐，帕尔默先生凭着他的才智，怎么能这样简单从事，夫妻之间怎么会这样奇怪地不相般配。没过多久，一贯热心于交际的约翰爵士和詹宁斯太太向她引见了几位新交。

一天早晨，大伙儿去埃克塞特游览，恰巧遇见两位小姐。詹宁斯太太高兴地发现，这两人还是她的亲戚，这就足以使约翰爵士邀请她们在埃克塞特的约期一满，便马上去巴顿庄园。他这么一邀请，她们在埃克塞特的约期也就即将结束了。约翰爵士回家后，米德尔顿夫人闻知不久要接待两位小姐来访，不禁大为惊愕。她生平从未见过这两位小姐，无从证明她们是不是文雅——甚至无从证明她们算不算得上有相当教养，因此她丈夫和母亲在这方面的保证根本不能作数。她们还是她的亲戚，这就把事情搞得更不妙了。詹宁斯大大试图安慰她，劝说她别去计较她们过于时髦，因为她们都是表姐妹，总得互相包涵着点。其实，这是无的放矢。事到如今，要制止她们来是办不到了。米德尔顿夫人采取一个教养有素的女人的乐观态度，对这事只好听之任之，每天和风细雨地责怪丈夫五六次也就足够了。

两位小姐到达了。从外观看，她们绝非有失文雅，绝非不入时。她们的穿着非常时髦，举止彬彬有礼，对房子十分中意，对房里的陈设喜爱得不得了。没想到她们会那样娇爱几个孩子，在巴顿庄园还没呆上一个小时，就博得了米德尔顿夫人的好感。她当众宣布，她们的确是两位十分讨人喜欢的小姐。对于这位爵士夫人来说，这是很热烈的赞赏。约翰爵士听到这番热情的赞扬，对自己的眼力更加充满了自信，当即跑到乡舍，告诉达什伍德家小姐，两位斯蒂尔小姐来了，并且向她们保证，斯蒂尔姐妹是天下最可爱的小姐。不过，只听这样的夸奖，你也了解不到多少东西。埃丽诺心里明白：天下最可爱的小姐在英格兰到处都能碰见，她们的体态、脸蛋、脾气、智力千差万别。约翰爵士要求达什伍德家全家出动，马上去巴顿庄园见见他的客人。真是个仁慈善良的人儿！即令是两个远房内表妹，不介绍给别人也会使他感到难受的。

“快去吧，”他说，“请走吧———你们一定要去——我说你们非去不可。你们想象不到，你们会多么喜欢她们。露西漂亮极了，既和蔼又可亲！孩子们已经在围着她转了，好像她是个老相识似的。她们两人都渴望见到你们，因为她们在埃克塞特就听说，你们是绝世佳人。我告诉她们一点不假，而且还远远不止于此。你们一定会喜欢她俩的。她们给孩子们带来满满一车玩具。你们怎么能一不高兴连个脸都不肯赏！你们知道，说起来，她俩还是你们的远房表亲呢。你们是我的表侄女，她们是我太太的表姐妹，因此你们也就有亲戚关系。”

但是，约翰爵士说不服她们。他只能让她们答应一两天内去拜访，然后告辞回去，对她们如此无动于衷深感惊奇。他回到家，又把她们的妩媚多姿向两位斯蒂尔小姐吹嘘了一番，就像他刚才向她们吹嘘两位斯蒂尔小姐一样。

她们按照事先的许诺来到巴顿庄园，并被介绍给两位小姐。她们发现，那姐姐年近三十，脸蛋长得很一般，看上去就不明睿，一点也不值得称羡。可是那位妹妹，她们都觉得相当俏丽。她不过二十二三岁，面貌清秀，目光敏锐，神态机灵，纵使不觉得真正高雅俊美，也够得上人品出众。姐妹俩的态度特别谦恭，埃丽诺见她们总是那么审慎周到地取悦米德尔顿夫人，不禁马上认识到她们还真懂点情理。她们一直都在同她的孩子嬉戏，称赞他们长得漂亮，逗引他们，满足他们种种奇怪的念头。在礼貌周到地与孩子们纠缠之余，不是赞许爵士夫人碰巧在忙碌什么事情，就是量取她头天穿的、曾使他们赞羡不已的新式艳服的图样。值得庆幸的是，对于阿谀成癖的人来说，溺爱子女的母亲虽然一味追求别人对自己子女的赞扬，贪婪之情无以复加，但又同样最容易轻信。这种人贪得无厌，轻信一切；因此，斯蒂尔姐妹对小家伙的过分溺爱和忍让，米德尔顿夫人丝毫不感到惊奇和猜疑。看到两位表姐妹受到小家伙的无礼冒犯和恶意捉弄，她这做母亲的反倒自鸣得意起来。她眼看着她们的腰带被解开，头发被抓乱，针线袋被搜遍，刀、剪被偷走，而毫不怀疑这仅仅是一种相互逗趣而已。令人诧异的是，埃丽诺和玛丽安居然能安之若素地坐在一旁，却不肯介入眼前的嬉闹。

“约翰今天这么高兴！”当约翰夺下斯蒂尔小姐的手帕，并且扔出窗外时，米德尔顿夫人说道。“他真是诡计多端。”

过了一会儿，老二又狠命地去拧斯蒂尔小姐的手指，她又带着爱抚的口吻说道：“威廉真顽皮！”

“瞧这可爱的小安娜玛丽亚，”她一边说，一边爱怜地抚摩着三岁的小姑娘，这小家伙已有两分钟没吵闹了。“她总是这么文静——从没见过这么文静的小家伙！”

然而不幸的是，正当米德尔顿夫人亲热搂抱的时候，不料她头饰上的别针轻轻划了一下孩子的脖颈，惹得这位文静的小家伙尖叫不止，气势汹汹，简直连自称最能吵闹的小家伙也望尘莫及。孩子的母亲顿时张皇失措，但是还比不上斯蒂尔妹妹的惊恐之状。在这紧急关头，似乎只有千疼万爱才能减轻这位小受难者的痛苦，于是三人一个个忙得不可开交。做母亲的把小站娘抱在膝上，亲个不停；一位斯蒂尔小姐双膝跪在地上，往伤口上涂洒薰衣草香水；另一位斯蒂尔小姐直往小家伙嘴里塞糖果。既然眼泪可以赢来这么多好处，这小机灵鬼索性没完没了地哭下去。她继续拼命地大哭大叫，两个哥哥要来摸摸她，她抬脚就踢。眼看大家同心合力都哄她不好，米德尔顿夫人侥幸地记起，上周发生一起同样不幸的事件。那次，小家伙的太阳穴擦伤了，后来吃点杏子酱就好了。于是她赶忙提议采取同样办法治疗这不幸的擦伤。小姑娘听到后，尖叫声稍微中断了一会儿，这就给大家带来了希望，心想她是不会拒绝杏子酱的。因此，她母亲把她抱出房去，寻找这灵丹妙药。虽然母亲恳求两个男孩呆在房里，他们却偏要跟着一起出来。于是留下四位小姐，几个小时以来，室内头一次安静下来。

“可怜的小家伙！”这娘儿几个一走出房去，斯蒂尔小姐便说。“差一点闹出一场大祸来。”

"我简直不知道这有什么大不了的，"玛丽安嚷道，"除非处在截然不同的情况下。不过，这是人们制造惊慌的一贯手法，实际上没有什么值得大惊小怪的。"

"米德尔顿夫人真是个可爱的女人，"露西·斯蒂尔说。

玛丽安默不作声。不管处在多么无关紧要的场合，要她言不由衷地去捧场，那是办不到的；因此，出于礼貌上的需要而说说谎话的整个任务总是落在埃丽诺身上。既然有此需要，她便竭尽全力，谈论起米德尔顿夫人来，虽然远远不及露西小姐来得热烈，却比自己的真实感情热烈得多。

"还有约翰爵士，"斯蒂尔大小姐嚷道，"他是多么可爱的一个人啊！"

说到约翰爵士，达什伍德小姐的赞扬也很简单而有分寸，并无随声吹捧之意。她只是说：他十分和善，待人亲切。

"他们的小家庭多么美满啊！我生平从未见过这么好的孩子。对你们说吧，我真喜欢他们。说实话，我对孩子总是喜欢得要命。"

"从我今天早晨见到的情况看，"埃丽诺含笑说，"我认为确实是这样。"

"我认为，"露西说，"你觉得几个小米德尔顿娇惯得太厉害了，也许他们是有点过分。不过这在米德尔顿夫人却是很自然的。就我来说，我喜欢看到孩子们生龙活虎，兴高采烈。我不能容忍他们规规矩矩、死气沉沉的样子。"

"说心里话，"埃丽诺答道，"一来到巴顿庄园，我从未想到厌恶规规矩矩、死气沉沉的孩子。"

这句话过后，室内沉默了一阵，但很快这沉默又被斯蒂尔小姐打破。她似乎很健谈，现在突然说道："你很喜欢德文郡吧，达什伍德小姐？我想你离开苏塞克斯一定很难过。"

这话问得太唐突了，起码问的方式过于唐突，埃丽诺惊奇之余，回答说她是很难过。

"诺兰庄园是个极其美丽的地方，是吧？"斯蒂尔小姐接着问道。

"我们听说约翰爵士极其赞赏那个地方，"露西说。她似乎觉得，她姐姐有些放肆，需要打打圆场。

"我想谁见了那个地方，"埃丽诺答道，"都会赞赏的，只是不能说有谁能像我们那样评价它的美。”

“你们那里有不少风流的小伙子吧？我看这一带倒不多。就我来说，我觉得有了他们，总是增光不少。”

“但你为什么认为，”露西说，似乎为她姐姐感到害臊，“德文郡的风流小伙子不及苏塞克斯的多？”

“不，亲爱的，我当然不是佯称这里的不多。埃克塞特的漂亮小伙子肯定很多。可你知道，我怎么说得上诺兰一带有什么样的漂亮小伙子？我只是担心，倘若达什伍德小姐们见不到像以前那么多的小伙子，会觉得巴顿索然寡味的。不过，也许你们年轻站娘并不稀罕多情的小伙子，有他们没他们都一样。就我来说，只要他们穿戴美观，举止文雅，我总觉得他们十分可爱。但是，见到他们邋里邋遢、不三不四的，我却不能容忍。这不，埃克塞特有个罗斯先生，好一个漂亮的小伙子，真是女孩的意中人。你知道，他是辛普森先生的书记员，然而你若是哪天早晨碰见他，他还真不堪入目呢。达什伍德小姐，我想你哥哥结婚前也一定是女孩们的意中人，因为他很有钱呀。”

“说实在话，”埃丽诺回答，“我无法奉告，因为我并不完全明白这个字眼的意思。不过，有一点我可以告诉你：假若他结婚前果真是女孩们的意中人，那他现在还是如此，因为他身上没有一丝一毫的变化。”

“哦！天哪！人们从来不把结过婚的男人看作意中人——人家还有别的事情要做呢。”

“天呀！安妮，”她妹妹嚷道，“你张口闭口离不了意中人，真要叫达什伍德小姐以为你脑子里没有别的念头啦。”接着，她话锋一转，赞赏起房子和家具。

斯蒂尔姐妹真够得上是典型人物。大小姐庸俗放肆，愚昧无知，对她无可推举。二小姐虽然样子很俊俏，看上去很机灵，埃丽诺却没有一叶障目，看出了她缺少真正的风雅，还有失纯朴。因此，她离别的时候，压根儿不希望进一步结识她们。

斯蒂尔姐妹并不这样想。她们从埃克塞特来的时候，早就对约翰爵士夫妇及其亲属的为人处世充满了倾慕之情，而这倾慕之情有很大成分是针对他的漂亮的表侄女的。她们公开声称：达什伍德妹妹是她们见过的最美丽、最优雅、最多才多艺、最和蔼可亲的小姐，迫切希望与她们建立深交。埃丽诺很快发现，建立深交乃是她们不可避免的命运，因为约翰爵士完全站在斯蒂尔妹妹一边，他们举行聚会非要请上她们，真是盛情难却，只好屈就，这就意味着几乎每天都要在同一间房里连续坐上一两个钟头。约翰爵士使不出更多的招数，也不知道需要有更多的招数。据他看来，呆在一起就算关系密切，只要他能切实有效地安排她们经常聚会，他就不怀疑她们已成为牢靠的朋友。

说句公道话，他在竭尽全力促进她们坦诚相处。就他所知，将他表侄女们的情况向斯蒂尔姐妹做了极其精细具体的介绍。她们与埃丽诺不过见了两次面，斯蒂尔大小姐便向她恭喜，说她妹妹真够幸运，来到巴顿后竟征服了一位十分漂亮的如意郎君。

“她这么年轻就出嫁，这当然是件大好事，”她说，“听说他真是个如意郎君，长得漂亮极啦。我希望你很快也会交上这样的好运。不过，也许你早就偷偷摸摸地交上朋友啦。”

埃丽诺觉得，约翰爵士当众宣布他怀疑她与爱德华相好，这并不会比他怀疑玛丽安时更注意分寸。事实上，两者比较起来，爵士更喜欢开埃丽诺的玩笑，因为这个玩笑更新鲜，更费揣测。自从爱德华来访后，每次在一起吃饭时，他总要意味深长地举杯祝她情场如意，一面频频点头眨眼，引起了众人的注目。那个“费”字也总是被一再端出来，逗引出不计其数的玩笑，以至于在埃丽诺心目中，早就被确立为天下最奇妙的一个字儿。

不出所料，斯蒂尔姐妹这下子可从这些玩笑里捞到了把柄。那位大小姐一时来了好奇心，一定要知道那位先生的尊姓大名。她的话虽然往往说得没轻没重，但是却跟她专爱打听她们家的闲事的举动完全一致。约翰爵士尽管十分乐于引逗别人的好奇心，但他没有长时间地引逗下去，因为正像斯蒂尔小姐很想听到那个名字一样，他也很想当众说出来。

“他姓费拉斯，”他说，声音不大，但却听得很清楚。“不过请别声张出去，这是个绝大的秘密啊。”

“费拉斯！”斯蒂尔小姐重复了一声。“费拉斯先生是那幸福的人儿，是吗？什么！你嫂子的弟弟呀，达什伍德小姐？那自然是个非常可爱的小伙子，我可了解他啦。”

“你怎么能这么说，安妮?”露西嚷道，她总爱修正她姐姐的话。“我们虽然在舅舅家见过他一两次，要说十分了解他可就有点过分。”

这一席话，埃丽诺听得仔细，也很诧异。“这位舅父是谁?他住在何处?他们是怎么认识的?”她很希望这话题能继续下去，虽然她自己不想介入。不料两人没有说下去，而埃丽诺生平第一次感到，詹宁斯太太既缺乏打听的好奇心，又缺乏通报消息的自觉性。斯蒂尔小姐说起爱德华时的那副神气，进一步激起了她的好奇心，因为她觉得那位小姐情绪不对头，怀疑她了解（或者自以为了解）爱德华有什么不光彩的事情，但是她的好奇纯属无益，因为约翰爵士暗示也好，明摆也罢，斯蒂尔小姐都没再去理会费拉斯先生的名字。

第二十二章

玛丽安本来就不大容忍粗俗无礼、才疏学浅甚至同她志趣不投的人，目前再处于这种心情，自然越发不喜欢斯蒂尔妹妹。她们主动接近她，她都爱理不理的。她总是这么冷漠无情，不让她们同她亲近。埃丽诺认为，主要因为这个缘故，她们才对她自己产生了偏爱，而从她们两人的言谈举止来看，这种偏爱很快就变得明显起来。特别是露西，她从不放过任何机会找她攀谈，想通过自然而坦率的思想交流，改善相互之间的关系。

露西生性机敏，谈吐往往恰加其分，饶有风趣。埃丽诺才与她交往了半个小时，便一再发觉她为入谦和。但是，她的才能并未得助于受教育，她愚昧无知，是个文盲。尽管她总想显得非常优越，但她智力不够发达，缺乏最普通的常识。这些都瞒不过达什伍德小姐。埃丽诺看到本来通过受教育可以得到充分发挥的才干统统荒废了，不禁为她感到惋惜。但是，使她无法同情的是，从她在巴顿庄园大献殷勤和百般奉承可以看出，她实在太不体面，太不正直，太不诚实。和这样一个人交往，埃丽诺是不会长久感到满意的，因为她综合了虚假和无知，她的孤陋寡闻使她们无法平起平坐地进行交谈，而她对别人的所作所为使得她对埃丽诺的关心和尊重变得毫无价值。

“你一定会觉得我的问题有点蹊跷，”一天，她们一起由巴顿庄园向乡舍走去时，露西对她说，“不过还是请问一下：你真的认识你嫂嫂的母亲费拉斯太太吗?”

埃丽诺的确觉得这个问题问得非常蹊跷，当她回答说从未见过费拉斯太太时，她的脸上露出了这种神情。

“是啊!”露西应道。“我就感到奇怪嘛，因为我原来认为你一定在诺兰庄园见过她。这么说来，你也许不能告诉我她是个什么样的人啦?”

“是的，”埃丽诺回答道，她在谈论她对爱德华母亲的真实看法时十分谨慎，同时也不想满足露西那唐突无礼的好奇心，“我对她一无所知。”

“我这样打听她的情况，你一定觉得我很奇怪，”露西说，一面仔细地打量着埃丽诺。“不过也许我有理由呢——但愿我可以冒昧地说出来。但我希望你能公道一些，相信我并非有意冒犯。”

埃丽诺客客气气地回答了一句，然后两人默不作声地又走了几分钟。露西打破了沉默，又回到刚才的话题，犹犹豫豫地说道：

“我不能让你认为我唐突无礼，爱打听，我无论如何也不愿意让你这样看我。我相信，博得你的好评是非常值得的。我敢说，我可以放心大胆地信任你。的确，处在我这样尴尬的境地，我很想听听你的意见，告诉我该怎么办。不过，现在用不着打扰你了。真遗憾，你居然不认识费拉斯太太。”

“假加你真需要了解我对她的看法的话，”埃丽诺大为惊讶地说，“那就很抱歉啦，我的确不认识她。不过说真的，我一直不知道你与那一家人还有什么牵连，因此，说心里话，看到你这么一本正经地打听她的为人，我真有点感到意外。”

“你肯定会感到意外，对此我当然也不觉得奇怪。不过我若是大胆地把事情说明白，你就不会这么吃惊。费拉斯太太目前当然与我毫无关系——不过以后我们的关系会很密切的——至于什么时候开始，那得取决于她自己。”

说罢，她低下头，神情和悦而羞涩。她只是斜视了埃丽诺一眼，看她有何反应。

“天啊！”埃丽诺叫道，“你这是什么意思？难道你认识罗伯特·费拉斯先生？这可能吗？”一想到将来有这么个娘姆，她不很中意。

“不，”露西答道，“不是认识罗伯特·费拉斯先生——我同他素昧平生。不过，”她两眼凝视着埃丽诺，“我认识他哥哥。”

此刻，埃丽诺会作何感想？她大吃一惊！她若不是当即对这话有所怀疑的话，心里说不定有多痛苦呢。惊得之余，她默默转向露西，猜不透她凭什么说这话，目的何在。她虽说脸色都起了变化，但是心里却坚决不肯相信，因而并不存在歇斯底里大发作或是晕厥的危险。

“你是该吃惊，”露西继续说道。“因为你先前肯定一无所知。我敢说，他从未向你或你家里的人透露过一丁点儿口风，因为我们存心要绝对保守秘密，我敢说，直到目前为止，我一直是守口如瓶。除了安妮以外，我的亲属中没有一个知道这件事的。我若不是深信你会保守秘密的话，绝对不会告诉你的。我确实觉得，我提了这么多关于费拉斯太太的问题，似乎很是莫名其妙，应该解释一下。我想，费拉斯先生要是知道我向你透露了，也不会见怪的，因为我知道他很看得起你们一家人，总是把你和另外两位达什伍德小姐当亲妹妹看待。”说罢就停住了。

埃丽诺沉默了片刻。她初听到这些话，一时愕然无语，但最后还是硬逼着自己开了口。为了谨慎起见，她做出沉着镇定的样子，足以掩饰她的惊讶和焦虑，然后说：“请问：你们是不是订婚很久了？”

“我们已经订婚四年啦。”

“四年？”

“是的。”

埃丽诺虽然极为震惊，但还是感到不可置信。

“直到那一天，”她说，“我才知道你们两个也认识。”

“可是我们已经认识多年了。你知道，他由我舅舅照料了好长时间。”

“你舅舅！”

“是的，普赖特先生。你从没听他说起普赖特先生？”

“我想听到过，”埃丽诺答道，感情一激动，又增添了几分精神。

“他四年前寄居在我舅舅家。我舅舅住在普利茅斯附近的郎斯特普尔。我们就在那儿开始认识的，因为我姐姐和我常呆在舅舅家。我们也是在那里订的婚，虽然是直到他退学一年后才订的。随后他几乎总是和我们呆在一起。你可以想象，瞒着他母亲，得不到她的认可，我是不愿意和他订婚的。但是我太年轻，太喜爱他了，不可能采取应有的慎重态度。达什伍德小姐，虽说你不如我了解他，但是你常见到他，知道他很有魅力，能使一个女人真心地爱上他。”

“当然，”埃丽诺不知所云地答道。可是，沉吟片刻之后，她又对爱德华的信誉和钟情恢复了自信，认为她的伙伴一定是在撒谎。于是，便接着说：“同爱德华·费拉斯先生订婚，不瞒你说，你的话完全出乎我的意料之外，的确如此——请你原谅；不过，你一定闹错了人，搞错了名字，我们不可能指同一个费拉斯先生。”

“我们不可能指别人，”露西含笑叫道。“帕克街费拉斯太太的长子、你嫂嫂约翰·达什伍德夫人的弟弟爱德华·费拉斯先生，这就是我所指的那个人。你必须承认，我把全部幸福都寄托在他身上了，我才不会把他的名字搞错呢。”

“很奇怪，”埃丽诺带着揪心的悲伧和困窘说道，“我竟然从未听见他提起过你的名字。”“是没有。考虑到我们的处境，这并不奇怪。我们首先关心的，是要保守秘密。你本来并不知道我和我家里的人，因而他没有必要向你提起我的名字。再说，他一向生怕她姐姐疑神疑鬼的，这就构成足够的理由，使他不敢提及我的名字。”

她不作声了。埃丽诺的自信消失了，但她没有失去自制。

“你们订婚都四年啦，”她带着沉稳的口气说。

“是的。天知道我们还要等多久。可怜的爱德华！他给搞得垂头丧气的。”露西从衣袋里取出一幅小画像，然后接着说，“为了避免搞错，还是请你瞧瞧他的面孔。当然，画得不很像，不过，我想你总不会搞错画的是谁。这幅画像我都保存了三年多啦。”

她说着把画像递进埃丽诺的手里。埃丽诺一看，如果说她唯恐草草作出结论和希望发现对方在撒谎，因而还残存着这样那样的怀疑的话，那么她却无法怀疑这确是爱德华的面貌。她当即归还了画像，承认是像爱德华。

“我一直未能回赠他一张我的画像，”露西继续说，“为此我感到非常烦恼，因为他一直渴望得到一张：我决定一有机会就找人画一张。”

“你说得很对，”埃丽诺平静地回答道。随后她们默默地走了几步，还是露西先开了口。

“说真的，”她说，“我毫不怀疑你会切实保守秘密的，因为你肯定知道，不让事情传到他母亲耳朵里，这对我们来说有多重要。我敢说，她绝对不会同意这门婚事。我将来没有财产，我想她是个极其傲慢的女人。”

“当然，我可没有要你向我吐露真情，”埃丽诺说，“不过，你认为我可以信得过，却是再公道不过了。我会给你严守秘密的。不过恕我直言，我对你多此一举地向我吐露真情，委实有些诧异。你至少会觉得，我了解了这件事并不会使它变得更保险。”

她一边说，一边仔细地瞅着露西，希望从她的神色里发现点破绽——也许发现她所说的绝大部分都是假话。不料露西却面不改色，你恐怕会认为，”露西说，“我对你太随便了，告诉你这些事情。诚然，我认识你的时间不长，至少直接交往的时间不长，但是凭借别人的描述，我对你和你一家人了解了很长时间。我一见到你，就觉得几乎像旧友重逢一样。况且，碰到目前这件事，我向你这么详细地询问了爱德华母亲的情况，确实觉得该向你作些解释。我真够不幸的，连个征求意见的人都没有。安妮是唯一的知情人，可她压根儿没长心眼。她确确实实是成事不足，败事有余，总是害得我提心吊胆的，生怕她泄露出去。你一定看得出来，她的嘴巴不牢。我那天一听见约翰爵士提起爱德华的名字，的的确确吓得要命，唯恐她一股脑儿捅出来。你无法想象，这件事让我担惊受怕，吃了多少苦头。使我感到惊奇的是，这四年来我为爱德华受了这么多苦，如今居然还活着。一切都悬而未决，捉摸不定，同他难得见见面——一年顶多见上两次。我真不知道怎么搞的，我的心居然没有碎。”

第二卷

第一章

尽管埃丽诺一般说来并不相信露西的话，可她经过认真考虑，却再也不能怀疑这件事情的真实性，因为没有什么东西可以诱使她编造出这种谎言。因此，露西称为事实的这些情况，埃丽诺无法再怀疑，而且也不敢再怀疑。这些情况都有充分的证据，这些证据或则大致属实，或则确凿无疑，除了她自己的主观愿望之外，无论如何也得不出相反的结论。他们在普赖特先生家的际遇是其他情况的依据，既无可置疑，又令人惊愕。爱德华在普利茅斯附近的访问，他的忧郁心情，他对自己前途的忿忿不满，他对她本人的反复无常，斯蒂尔妹妹对诺兰庄园和她们的亲属了如指掌（这常使她感到惊奇），那幅画像，那封信，那只戒指，这一切构成了一连串证据，打消了她怕冤枉他的一切顾虑，证明他亏待了她，这是任何偏爱也改变不了的事实。她憎恶他的这种行径，悔恨自己受了欺骗，一时间只知道自我怜悯。但她心里转瞬又涌起别的念头，别的考虑。难道爱德华一直在存心欺骗她？难道他是一片虚情假意？难道他与露西的订婚是真心实意的订婚？不，不管从前情况如何，她现在并不这么认为。他只喜欢她一个人，这一点她决不会搞错。在诺兰庄园，她的母亲、妹妹、范妮都知道他喜欢她。这并不是她的虚荣引起的错觉。他当然是爱她的。这一信念使她心里得到了多大的安慰！有了这一点，她还有什么不可原谅他的！想当初，他已经开始感到她对他有着一股异乎寻常的诱惑力，却偏要继续呆在诺兰庄园，真该受到责备。在这一点上，他是无可辩白的。不过，如果说他伤害了她，那他更伤害了他自己！如果说她的情况是令人怜悯的，那他的情况则是无可挽回的。他的鲁莽行动给她带来了一时的痛苦；不过他自己似乎永远失去了幸福的机会。她迟早是会恢复平静的，可是他，如今还有什么盼头呢？他和露西·斯蒂尔在一起会感到幸福吗？象他那样诚实、文雅、见识广博的人，假使连她埃丽诺都不中意，能对露西这样一个无知、狡诈、自私自利的妻子感到满意吗？

爱德华当时只有十九岁，青年人的狂爱热恋自然使他陷入了盲目，除了露西的美貌和温顺之外，别的一概视而不见。但是以后的四年——如果合理地度过这四年，可以使人长智不少——他也该发现她教育上的缺欠。而在这同时，露西由于常和下等人交往，追求低级趣味，也许早就失去了昔日的天真，这种天真一度为她的美貌增添了几分情趣。

爱德华与埃丽诺成婚尚且要遇到他母亲设置的种种障碍，那么他选择一个门第比她低下、财产很可能不及她多的女人作配偶，岂不是更加困难重重！当然，他在感情上与露西还很疏远，这些困难还不至于使他忍耐不住。但是，这位本来对家庭的反对和刁难可以感到欣慰的人，他的心情却是抑郁的！

埃丽诺连续痛苦地思考着，不禁为他（不是为她自己）骤然落泪。使她坚信不疑的是，她没有做出什么事情而活该遭受目前的不幸；同时使她感到欣慰的是，爱德华也没做出什么事情而不配受到她的器重。她觉得，即使现在，就在她忍受这沉重打击的头一阵剧痛之际，她也能尽量克制自己，以防母亲和妹妹们对事实真相产生怀疑。她是这么期望的，也是不折不扣的这么做的。就在她的美好，希望破灭后仅仅两个小时，她就加入她们一道吃晚饭，结果从妹妹们的表情上看得出来，谁也没有想到埃丽诺正在为即将把她和她心爱的人永远隔离开的种种障碍而暗自悲伤；而玛丽安却在暗中眷念着一位十全十美的情人，认为他的心完全被她迷住了，每一辆马车驶近她们房舍时，她都期望着能见到他。

埃丽诺虽然不得不一忍再忍，把露西给她讲的私房话始终瞒着母亲和玛丽安，但这并未加深她的痛苦。相反，使她感到宽慰的是，她用不着告诉她们一些只会给她们带来痛苦的伤心事，因而省得听见她们指责爱德华。由于大家过于偏爱她，这种指责是很可能的，那将是她不堪忍受的。

她知道，她从她们的忠告或是谈话里得不到帮助。她们的温情和悲伤只能增加她的痛苦，而对于她的自我克制，她们既不会通过以身作则，又不会通过正面赞扬加以鼓励。她独自一个人的时候反倒更刚强些，她能非常理智地控制自己，尽管刚刚遇到如此痛心疾首的事情，她还是尽量表现得坚定不移，始终显得高高兴兴的。

虽然她与露西在这个问题上的头一次谈话让她吃尽了苦头，但是她转眼间又渴望和她重谈一次，而且理由不止一个。她想听她重新介绍一些有关他们订婚的许多详细情况，想更清楚地了解一下露西对爱德华的真实感情，看看她是不是真像她宣称的那样对他一往情深。她还特别想通过主动的、心平气和的再谈谈这件事，让露西相信：她只不过是以朋友的身份来关心此事的，而这一点从早晨的谈话来看，由于她不知不觉地变得十分焦灼不安，因而至少是令人怀疑的。看样子，露西很可能妒忌她。显而易见，爱德华总是在称赞她，这不仅从露西的话里听得出来，而且还表现在她才认识她这么短时间，就大胆地由她吐露了如此重大的一桩秘密。甚至连约翰爵士开玩笑的话，大概也起到一定作用。的确，埃丽诺既然深信爱德华真心喜爱自己，她也就不必去考虑别的可能性，便自然而然地认为露西在妒忌她。露西也确实在妒忌她，她的私房话就是个证明。露西透露这桩事，除了想告诉埃丽诺爱德华是属于她的，让她以后少同他接触之外，还会有什么别的动机呢？她不难理解她的情敌的这番用意，她决心切实按照真诚体面的原则来对待她，克制住她对爱德华的感情，尽量少同他见面。同时，她还要聊以自慰地向露西表明，她并不为此感到伤心，如今在这个问题上，她不会听到比已经听到的更使她痛苦的事了，因此她相信自己能够平心静气地听露西把详情重新叙说一遍。

虽然露西像她一样，也很想找个机会再谈谈，但是这样的机会并不是要来马上就来。本来一起出去散散步最容易甩开众人，谁料天公总不作美，容不得她们出去散步。虽说她们至少每隔一天晚上就有一次聚会，不是在庄园就是在乡舍（主要是在庄园），但那都不是为了聚谈，约翰爵士和米德尔顿夫人从未这样想过，因此大家很少有一起闲谈的时间，更没有个别交谈的机会。大家聚在一起就是，为了吃喝说笑，打打牌，玩玩康西昆司，或是搞些其他吵吵嚷嚷的游戏。

她们如此这般地聚会了一两次，但埃丽诺就是得不到机会同露西私下交谈。一天早晨，约翰爵士来到乡舍，以仁爱的名义，恳求达什伍德母女当晚能同米德尔顿夫人共进晚餐，因为他要前往埃克塞特俱乐部，米德尔顿夫人只有她母亲和两位斯蒂尔小姐做伴，她们母女若是不去，夫人将会感到十分孤寂。埃丽诺觉得，参加这样一次晚宴倒可能是她了却心愿的大好时机，因为在米德尔顿夫人安静而有素养的主持下，比她丈夫把大伙儿凑到一块大吵大闹来得自由自在，于是她当即接受了邀请。玛格丽特得到母亲的许可，同样满口应承，玛丽安一向不愿参加他们的聚会，怎奈母亲不忍心让她错过任何娱乐机会，硬是说服她跟着一起去。

三位小姐前来赴约，差点陷入可怕的孤寂之中的米德尔顿夫人终于幸运地得救了。恰似埃丽诺所料，这次聚会十分枯燥乏味。整个晚上没有出现一个新奇想法、一句新鲜辞令，整个谈话从餐厅到客厅，索然寡味到无以复加的地步。几个孩子陪着她们来到客厅，埃丽诺心里明白，只要他们呆在那里，她就休想能有机会与露西交谈。茶具端走之后，孩子们才离开客厅。转而摆好了牌桌，埃丽诺开始纳闷，她怎么能指望在这里找到谈话的机会呢？这时，大家都纷纷起身，准备玩一项轮回牌戏。

“我很高兴，”米德尔顿夫人对露西说，“你今晚不打算给可怜的小安娜玛丽亚织好小篮子，因为在烛光下做编织活一定很伤眼睛。让这可爱的小宝贝扫兴啦，我们明天再给她补偿吧。但愿她不要太不高兴。”

有这点暗示就足够了。露西立即收住了心，回答说：“其实，你完全搞错了，米德尔顿夫人，我只是在等着看看你们玩牌没我行不行，不然我早就动手织起来了。我无论如何也不能叫这小天使扫兴。你要是现在叫我打牌，我决计在晚饭后织好篮子。”

“你真好。我希望可别伤了你的眼睛——你是不是拉拉铃，再要些蜡烛来？我知道，假使那小篮子明天还织不好，我那可怜的小姑娘可要大失所望了，因为尽管我告诉她明天肯定织不好，她却准以为织得好。”

露西马上将针线台往跟前一拉，欣然坐了下来，看她那兴致勃勃的样子，似乎什么事情也比不上给一个宠坏了的孩子编织篮子更使她感到高兴。

米德尔顿夫人提议，来一局卡西诺。大家都不反对，唯独玛丽安因为平素就不拘礼节，这时大声嚷道："夫人行行好，就免了我吧——你知道我讨厌打牌。我想去弹弹钢琴。自从调过音以后，我还没碰过呢。"她也没再客气两句，便转身朝钢琴走去。

米德尔顿夫人那副神情，仿佛在谢天谢地：她可从来没说过这么冒昧无礼的话。

"你知道，夫人，玛丽安与那台钢琴结下了不解之缘，"埃丽诺说，极力想替妹妹的冒昧无礼打打圆场。"我并不感到奇怪，因为那是我所听到的音质最佳的钢琴。"

剩下的五人就要抽牌。

"也许，"埃丽诺接着说，"我如果能不打牌，倒能给露西·斯蒂尔小姐帮帮忙，替她卷卷纸。我看那篮子还差得远呢，如果让她一个人来干，今晚肯定完不成。她若是肯让我插手的话，我非常喜欢干这个活。"

"你如果能帮忙，我倒真要感激不尽哩，"露西嚷道，"因为我发现，我原来算计错了，这要费不少工夫呢。万一让可爱的安娜玛丽亚失望了，那该多糟糕啊。"

"哦！那实在是太糟糕啦，"斯蒂尔小姐说。"可爱的小家伙，我多么喜爱她！"

"你真客气，"米德尔顿夫人对埃丽诺说。"你既然真喜欢这活，是不是请你到下一局再入桌，还是现在先试试手气？"

埃丽诺愉快地采纳了前一条建议，于是，她就凭着玛丽安一向不屑一试的委婉巧妙的几句话，既达到了自己的目的，又讨好了米德尔顿夫人。露西爽快地给她让了个地方，就这样，两位姿容美丽的情敌肩并肩地坐在同一张桌前，极其融洽地做着同一件活计。这时，玛丽安沉醉在乐曲和暇想之中，全然忘记室内还有别人，只顾埋头弹奏。侥幸的是，钢琴离两位情敌很近，达什伍德小姐断定，有这糟杂的琴声做掩护，她尽可放心大胆地提出那个有趣的话题，牌桌上的人保险听不见。

第二章

埃丽诺以坚定而审慎的语气，开口说道：

“我有幸得到你的信任，若是不要求你继续说下去，不好奇地穷根究底，岂不辜负了你对我的信任。因此，我不禁冒昧，想再提出这个话题。”

“谢谢你打破了僵局，”露西激动地嚷道，“你这样讲就让我放心啦。不知怎么搞的，我总是担心星期一那天说话得罪了你。”

“得罪了我！你想到哪里去了？请相信我，”埃丽诺极其诚恳地说道，“我不愿意让你产生这样的看法。你对我这样推心置腹，难道还会抱有让我感到不体面、不愉快的动机？”

“不过，说实在的，”露西回答说，一双敏锐的小眼睛意味深长地望着她，“你当时的态度似乎很冷淡，很不高兴，搞得我十分尴尬。我想你准是生我的气了。此后我一直在怪罪自己，不该冒昧地拿我自己的事情打扰你。不过我很高兴地发现，这只不过是我的错觉，你并没真的责怪我，说实在话，你若是知道我向你倾吐一下我无时无刻不在思量的真心话，心里觉得有多么宽慰，你就会同情我，而不计较别的东西。”

“的确，我不难想象，你把你的处境告诉我，而且确信一辈子不用后悔，这对你真是个莫大的宽慰。你们的情况十分不幸，后来好似困难重重，你们需要依靠相互的钟情坚持下去。我想，费拉斯先生完全依赖于他母亲。”

“他自己只有两千镑的收入，单靠这点钱结婚，那简直是发疯。不过就我自己来说，我可以毫无怨气地放弃更高的追求。我一直习惯于微薄的收入，为了他我可以与贫穷作斗争。但是我太爱他了，他若是娶个使他母亲中意的太太，也许会得到她的不少财产，我不想自私自利地让爱德华丧失掉这些财产。我们必须等待，也许要等许多年。对天下几乎所有的男人来说，这是个令人不寒而栗的前景。可是我知道，爱德华对我的一片深情和忠贞不渝是什么力量也剥夺不了的。”

“你有这个信念，这对你是至关紧要的。毫无疑问，他对你也抱有同样的信念。万一你们相互间情淡爱弛（这是在许多人之间，许多情况下，在四年订婚期间经常发生的现象），你的境况确实会是很可怜的。”

露西听到这儿抬起眼来。哪知埃丽诺十分谨慎，不露声色，让人觉察不出她的话里有什么可疑的意向。

“爱德华对我的爱情，”露西说，“自从我们订婚以来，经受了长期分离的严峻考验，我再去妄加怀疑，那是无法宽恕的。我可以万无一失地说：他从一开始，从未由于这个原因而给我带来一时一刻的惊扰。”

埃丽诺听到她所说的，简直不知道是应该付之一笑，还是应该为之叹息。

露西继续往下说。“我生性也好妒忌，因为我们的生活处境不同，他比我见的世面多得多，再加上我们又长期分离，我老爱疑神疑鬼。我们见面时，哪伯他对我的态度发生一点细微的变化，他的情绪出现莫名其妙的低落现象，他对某一个女人比对别的女人谈论得多了些，他在郎斯特普尔显得不像过去那么快乐，我马上就能觉察出来。我并不是说，我的观察力一般都很敏锐，眼睛一般都很尖，但是在这种情况下，我肯定是不会受蒙骗的。”

“说得倒很动听，”埃丽诺心里在想，“可是我们两人谁也不会上当受骗。”

“不过，”她稍许沉默了一刻，然后说，“你的观点如何？还是你什么观点也没有，而只是采取一个令人忧伤而震惊的极端措施，就等着费拉斯太太一死了事？难道她儿子就甘心屈服，打定主意拖累着你，这么长年悬吊着，索然无味地生活下去，而不肯冒着惹她一时不快的风险，干脆向她说明事实真相？”

“我们若是能肯定她只是一时不快就好啦！可惜费拉斯太太是个刚愎自用、妄自尊大的女人，一听到这消息，发起怒来，很可能把所有财产都交给罗伯特。一想到这里，看在爱德华的份上，竟吓得我不敢草率行事。”

“也看在你自己的份上，不然你的自我牺牲就不可理解了。”

露西又瞅瞅埃丽诺，可是没有作声。

“你认识罗伯特·费拉斯先生吗？”埃丽诺问道。

“一点不认识——我从没见过他。不过，我想他与他哥哥大不一样——傻乎乎的，是个十足的花花公子。”

“十足的花花公子。”斯蒂尔小姐重复了一声，她是在玛丽安的琴声突然中断时，听到这几个词的。“噢！她们准是在议论她们的心上人。”

“不，姐姐，”露西嚷道，“你搞错啦，我们的心上人可不是十足的花花公子。”

“我敢担保，达什伍德小姐的心上人不是花花公子，”詹宁斯太太说着，纵情笑了。“他是我见过的最谦虚、最文雅的一个年轻人。不过，说到露西，她是个狡猾的小精怪，谁也不知道她喜欢谁。”

“噢!”斯蒂尔小姐嚷道，一面意味深长地望着她俩，“也许，露西的心上人和达什伍德小姐的心上人一样谦虚，一样文雅。”

埃丽诺不由得羞得满脸通红。露西咬咬嘴唇，愤怒地瞪着她姐姐。两人沉默了一阵。露西首先打破了沉默，虽然玛丽安弹起了一支极其优美的协奏曲，给她们提供了有效的掩护，但她说话的声音还是压得很低：

“我想坦率地告诉你，我最近想到了一个切实可行的好办法。的确，我有责任让你知道这个秘密，因为事情与你有关。你常见到爱德华，一定知道他最喜欢当牧师。我的想法是这样的：他尽快地接受圣职，然后希望你能出自对他的友情和对我的关心，利用你的影响，劝说你哥哥把诺兰的牧师职位赐给他。我听说这是个很不错的职务，而且现在的牧师也活不多久了。这就可以保证我们先结婚，余下的事情再听天由命吧。”

“我一向乐于表示我对费拉斯先生的敬意和友情，”埃丽诺答道。“不过，难道你不觉得我在这种场合插一手完全大可不必吗？他是约翰·达什伍德夫人的弟弟——就凭这一点，她丈夫也会提拔他的。”

“可是约翰·达什伍德夫人并不同意爱德华去当牧师。”

“这样的话，我觉得我去说更是无济于事。”

她们又沉默了好半天。最后，露西深深叹了口气，大声说道：

“我认为，最明智的办法还是解除婚约，立即终止这门亲事。我们好像困难重重，四面受阻，虽然要痛苦一阵子，但是最终也许会更幸福些。不过，达什伍德小姐，是不是请你给我出出主意？”

“不，”埃丽诺答道，她脸上的微笑掩饰着内心的忐忑不安。“在这个问题上，我当然不会给你出什么主意。你心里很有数，我的意见除非顺从你的意愿，不然对你是不起作用的。”

“说真的，你冤枉了我，”露西一本正经地答道。“在我认识的人中，我最尊重你的意见。我的确相信，假使你对我说：‘我劝你无论如何要取消同爱德华·费拉斯的婚约，这会使你们两个更幸福。’那我就会决定马上这样做。”

埃丽诺为爱德华未婚妻的虚情假意感到脸红，她回答说：“假如我在这个问题上真有什么意见可言的话，一听到你这番恭维，准给吓得不敢开口了。你把我的声威抬举得过高了。要把一对情深意切的恋人分开，对一个局外人来说，实在是无能为力的。”

“正因为你是个局外人，”露西有点生气地说道，特别加重了那后几个字，“你的意见才理所当然地受到我的重视。如果我觉得你带有任何偏见，就犯不着去征求你的意见，”

埃丽诺认为，最好对此不加辩解，以免相互间变得过于随随便便、无拘无束。她甚至在一定程度上下了决心，再也不提这个话题。因此，露西说完后，又沉寂了好几分钟，而且还是露西首先打破了沉默。

“你今年冬天去城里吗，达什伍德小姐?”她带着她惯常的自鸣得意的神气问道。

“当然不去。”

“真可惜，”露西回答说，其实她一听那话，眼里不禁露出了喜色。“我若是能在城里见到你，那该有多高兴啊！不过，尽管如此，你还是肯定会去的。毫无疑问，你哥嫂会请你去做客的。”

“他们即使邀请，我也不能接受。”

“这太不幸啦！我本来一直指望在城里见到你。一月底，安妮和我要去探访几个亲友，他们这几年总是叫我们去！不过，我只是为了去见见爱德华，他二月份到那里去。不然的话，伦敦对我一点儿吸引力也没有，我才没有兴致去那里呢。”

过了不一会儿，牌桌上打完了第一局，埃丽诺也就被叫了过去，于是两位小姐的秘密交谈便告结束。不过结束得并不勉强，因为双方没有说上什么投机话，可以减少她们相互之间的厌恶之情。埃丽诺在牌桌前坐定，忧伤地判定，爱德华不仅不喜欢他这位未婚妻，而且他即使同她结了婚，也不会感到多么幸福，只有她埃丽诺的真挚爱情才能给他婚后带来幸福；因为只是凭着自私自利这一点，才能使得一个女人保持同男方的婚约，而这个女人似乎完全意识到，男方已经厌倦这种婚约。

从此之后，埃丽诺再也没有重新提起这个话题。露西却很少错过旧话重提的机会，特别是当她收到爱德华的来信时，总要别有心计地向她的知己女友报报喜。每逢这种情况，埃丽诺都能泰然处之，谨慎对待，在礼貌允许的范围内尽快结束这些谈论。因为她觉得这种谈话对露西是一种不配享受的乐趣，对她自己却是危险的。

两位斯蒂尔小姐对巴顿庄园的访问一再延长，大大超过了最初邀请时双方认可的日期。她们越来越受人喜爱，想走也走不了。约翰爵士坚决不让她们走。虽然她们在埃克塞特有一大堆早就安排好的事情，急需她们马上回去处理，尤其是越到周末事情越繁忙，但她们还是被说服在巴顿庄园呆了近两个月，并且协助主人家好好庆祝一下圣诞节，因为这个节日需要比一般节日举行更多的家庭舞会和大型晚宴，借以显示其重要性。

第三章

虽然詹宁斯太太有个习惯，一年中有大量时间住在女儿、朋友家里，但她并非没有自己的固定寓所。她丈夫原来在城里一个不大雅洁的街区做买卖，生意倒也不错。自他去世以后，她每逢冬天一直住在波特曼广场附近的一条街上的一幢房子里。眼看一月行将来临，她不禁又想起了这个家。一天，出乎达什伍德家两位小姐意料之外，她突然邀请她们陪她一起回家去。听到这个邀请，玛丽安的脸色起了变化，那副活灵活现的神气表明她对这个主意并非无动于衷。埃丽诺没有注意到妹妹的表情变化，便即刻代表两人断然谢绝了。她满以为，她说出了她们两人的共同心愿。她提出的理由是，她们决不能在那个时候离开自己的母亲。詹宁斯太太遭到拒绝后不禁吃了一惊，当即把刚才的邀请重复说了一遍。

“哦，天哪！你们的母亲肯定会让你们去的，我恳请你们陪我一趟，我可是打定了主意。别以为你们会给我带来什么不便，因为我不会为你们而给自己增添任何麻烦。我只需要打发贝蒂乘公共马车先回去，我想这点钱我还是出得起的。这样我们三个人就可以舒舒服服地乘着我的马车走。到了城里以后，你们如果不愿随我去什么地方，那也好，你们可以随时跟着我哪个女儿一起出去。你们的母亲肯定不会反对。我非常幸运地把我的女儿都打发出去了，她知道由我来关照你们是再合适不过了。我若是到头来没有至少让你们其中一位嫁得个如意郎君，那可不是我的过错。我要向所有的年轻小伙子美言你们几句，你们尽管放心好啦。”

“我认为，”约翰爵士说，“玛丽安小姐不会反对这样一个计划，假使她姐姐愿意参加的话。她若是因为达什伍德小姐不愿意而享受不到一点乐趣，那可真够叫人难受的。所以，你们如果在巴顿呆厌了，我劝你们俩动身到城里去，一句话也别对达什伍德小姐说。”

“唔，当然，”詹宁斯太太嚷道，“不管达什伍德小姐愿不愿去，我都将非常高兴能有玛丽安小姐做伴。我只是说，人越多越热闹，而且我觉得，她们俩在一起会更愉快一些，因为她们一旦讨厌我了，可以一起说说话，在我背后嘲笑一下我的怪癖。不过，要是两人不可兼得，我总得有一个做伴的。我的天哪！你们想想看，直到今年冬天，我一直都是让夏洛特陪伴着，现在怎么能一个人闷在家里。得啦，玛丽安小姐，咱们拍板成交吧。若是达什伍德小姐能马上改变主意，那就更好啦。”“我感谢你，太太，真心诚意地感谢你，”玛丽安激动地说道，“我永远感谢你的邀请，若是能接受的话，它会给我带来莫大的幸福——几乎是我能够享受到的最大幸福。可是我母亲，我那最亲切、最慈祥的母亲——我觉得埃丽诺说得有理，万一我们不在，她给搞得不高兴，不愉快噢！我说什么也不能离开她。这件事不应该勉强，也千万不能勉强。”

詹宁斯太太再次担保说，达什伍德太太完全放得开她俩，埃丽诺现在明白了妹妹的心思，她一心急于同威洛比重新团聚，别的一切几乎都不顾了，于是她不再直接反对这项计划，只说由她母亲去决定。可是她也知道，尽管她不同意玛丽安去城里做客，尽管她自己有特殊理由避而不去，但是她若出面阻拦，却很难得到母亲的支持。玛丽安无论想干什么事，她母亲都会热切地加以成全——她并不指望能说服母亲谨慎从事，因为就在那件事情上，不管她怎么说，母亲仍然相信玛丽安和威洛比已经订婚。再说，她也不敢为她自己不愿去伦敦的动机作辩解。玛丽安虽然过分挑剔，而且她也完全了解詹宁斯太太的那副德行，总是觉得十分讨厌，却要不顾这一切不便，不顾这会给她那脆弱的情感带来多么巨大的痛苦，而硬要去追求一个目标，这就雄辩地充分地证明：这个目标对她何等重要。埃丽诺虽然目睹了这一切，但对她妹妹把这件事看得如此重要，却丝毫没有思想准备。

达什伍德太太一听说这次邀请，便认为两个女儿出去走走也好，可以给她们带来很大乐趣。她看到玛丽安对自己如此温存体贴，又觉得她还是一心想去的，于是她绝不同意她们因为她而拒绝这次邀请，非要她俩立即接受邀请不可。接着，她又显出往常的快活神气，开始预测她们大家可以从这次离别中获得的种种好处。

"我很喜欢这个计划，"她大声嚷道，"正合我的心意。玛格丽特和我将同你们一样，从中得到好处。你们和米德尔顿夫妇走后，我们可以安安静静、快快乐乐地读读书，唱唱歌，你们回来的时候，会发现玛格丽特大有长进！我还有个小小的计划，想把你们的卧室改修一下，现在可以动工了，不会给任何人带来不便。你们确实应该到城里走走。像你们这种家境的年轻女子都应该了解一下伦敦的生活方式和娱乐活动。你们将受到一个慈母般的好心太太的关照，我毫不怀疑她对你们是一片好意。而且，你们十有八九会看见你们的哥哥，不管他有些什么过错，不管他妻子有些什么过错，我一想到他毕竟是你们父亲的儿子，也就不忍心看着你们完全疏远下去。"

"虽然你总是渴望我们快乐，"埃丽诺说，"想到目前这个计划还有一些弊病，便一直在想方设法加以克服，但是还有一个弊病，我以为是无法轻易克服的。"

玛丽安脸色一沉。

"我那亲爱的深谋远虑的埃丽诺，"达什伍德太太说，"又要发表什么高见呀？又要提出什么令人可怕的弊病啊？可别告诉我这要破费多少钱。"

"我说的弊病是这样的："虽然我很佩服詹宁斯太太的好心肠，可是她这个人嘛，我们和她交往不会觉得很愉快，她的保护不会抬高我们的身价。"

"那倒确实如此，"她母亲回答说。"不过，你们不大会脱离众人而单独和她在一起，你们总是可以和米德尔顿夫人一起抛头露面嘛。"

“如果埃丽诺因为讨厌詹宁斯太太而不敢去，”玛丽安说，“那起码不必妨碍我接受她的邀请。我没有这么多顾虑，我相信，我可以毫不犯难地忍受这种种不愉快。”

埃丽诺见玛丽安对詹宁斯太太的习惯举止表示满不在乎，情不自禁地笑了，因为她以前往往很难说服她对老太太讲点礼貌。她心里打定主意，若是妹妹坚持要去，她也要一同前往，因为她觉得不应该由着玛丽安去自行其是，不应该使想在家里舒适度日的詹宁斯太太还要听任玛丽安随意摆布。这个决心倒是比较好下，因为她记起了露西讲的话：爱德华·费拉斯在二月份以前不会进城，而她们的访问即使不无故缩短，也可以在此之前进行完毕。

“我要你们两个都去，”达什伍德太太说，“这些所谓弊病完全是无稽之谈。你们到了伦敦，特别又是一起去，会感到非常偷快的。如果埃丽诺愿意迁就，期待得到快乐的话，她在那里可以从多方面享受到。也许她可以通过增进同嫂嫂家的相互了解，而得到一些快乐。”

埃丽诺经常想找个机会，给母亲泼泼冷水，不要叫她以为女儿和爱德华还一往情深，以便将来真相大白时，她可以少震惊一些。埃丽诺泼冷水虽说很难收到成效，但她还是硬着头皮开始了，只听她泰然自若地说道：“我很喜欢爱德华·费拉斯，总是很乐意见到他。但是，至于他家里的其他人是否认识我，我却毫不在乎。”

达什伍德太太笑了笑，没有作声。玛丽安惊愕地抬起眼来，埃丽诺在想，她还是不开口为好。

母女们也没怎么再议论，便最后决定，完全接受詹宁斯太太的邀请。詹宁斯太太获悉后大为高兴，一再保证要好好关照，其实，感到高兴的何止她一个人，约翰爵士也喜形于色，因为对于一个最怕孤单的人来说，能给伦敦的居民增添两个名额也颇为了不起。就连米德尔顿夫人也一反常态，尽力装出高高兴兴的样子。至于两位斯蒂尔小姐，特别是露西，一听说这个消息，生平从来没有这么高兴过。

埃丽诺违心地接受了这项安排，心里倒也不像原来想象的那样勉强。对于她自己来说，她去不去城里是无所谓的。当她看见母亲对这个计划极其满意，妹妹从神情到语气、到仪态都显得十分兴奋时，她也恢复了平常的快活劲头，而且变得比平常更加快活。她无法对事情的缘由表示不满，也几乎很难对事情的结果加以怀疑。

玛丽安欣喜若狂，只觉得心荡神迷，急不可待。她不愿离开母亲，这是她唯一的镇静剂。由于这个原因，她在分别之际感到极为悲伤。她母亲同样感到十分哀伤。母女三人中，似乎只有埃丽诺不认为这是永久的诀别。

她们是在一月份的第一周启程的。米德尔顿夫妇大约在一周后出发。两位斯蒂尔小姐暂且留在巴顿庄园，以后和府第里的其他人一起离开。

第四章

随后三四天里没有发生什么情况，好让埃丽诺后悔不该向母亲求告；因为威洛比既没来人，也没来信。那几天快结束的时候，她们应邀陪米德尔顿夫人去参加一次晚会，詹宁斯太太因为小女儿身体不适，不能前去。玛丽安由于过于沮丧，也不着意打扮，似乎去与不去都无所谓，不过她还是准备去，尽管没有要去的样子和愉快的表示。茶后，直至米德尔顿夫人到来之前，她就坐在客厅的壁炉前，一动也不动，只顾想她的心事，不知道她姐姐也在房里。最后听说米德尔顿夫人在门口等候她们，她倏地站起身，好像忘了她在等人似的。

她们按时到达目的地。前面的一串马车刚让开路，她们便走下车，登上楼梯，只听见仆人从一节节楼梯平台上传报着她们的姓名。她们走进一间灯火辉煌的客厅，里面宾客满堂，闷热难熬。她们彬彬有礼地向女主人行过屈膝礼，随后就来到众人之间。她们这一来，室内必然显得更热，更拥挤不堪，而她们也只好跟着一起活受罪。大家少言寡语、无所事事地呆了一阵之后，米德尔顿夫人便坐下玩卡西诺。玛丽安因无心走来走去，幸好又有空椅子，就和埃丽诺在离牌桌不远的地方坐了下来。

两人没坐多久，埃丽诺一下子发现了威洛比，只见他站在离她们几码处，正和一个非常时髦的年轻女子热切交谈。很快地，威洛比也看见了她，当即向她点点头，但是并不想同她搭话，也不想去接近玛丽安，虽说他不可能看不见她。随后，他又继续同那位女士交谈。埃丽诺不由自主地转向玛丽安，看她会不会没有注意到这一切。恰在此刻，玛丽安先望见了威洛比，心里突然一高兴，整个面孔都红了。她迫不及待地就想朝他那里奔去，不料让姐姐一把拽住了。

“天啊！”玛丽安惊叫道，“他在那儿——他在那儿。哦！他怎么不看我？我为什么不能和他说话？”

“我求你安静一些，”埃丽诺叫道，“别把你的心思暴露给在场的每个人。也许他还没有发现你。”

可是，这话连她自己也不相信。在这种时刻安静下来，玛丽安不仅做不到，而且也不想这么做。她焦灼不安地坐在那里，整个脸色都变了。

最后，威洛比终于又回过脸来，瞧着她们两人。玛丽安忽地立起身，亲昵地喊了一声他的名字，就势向他伸出了手。威洛比走过来，偏偏要找埃丽诺搭话，而不和玛丽安攀谈，好像一心想避开她的目光，决计不注意她的态度似的。他匆匆忙忙地问起达什伍德太太的情况，问起她们来城里多久了。埃丽诺看见他这样说话，一时搞得心慌意乱，结果一句话也说不出来。但是她妹妹却一股脑儿地把心里话都倒出来了。她满脸绯红，带着万分激动的语气嚷道：“天哪！威洛比，你这是什么意思？你难道没收到我的信？你难道不想和我握握手？”

不握手是不行啦，但是碰到玛丽安似乎又使他感到痛苦。他抓住她的手只握了一下。这段时间，他显然在设法让自己镇定下来。埃丽诺瞧瞧他的脸色，发觉他的表情变得稳静些了。停了一刻，只听他心平气和地说道：

“上星期二我荣幸地到伯克利街登门拜访，十分遗憾的是，很不凑巧，你们和詹宁斯太太都不在家。我想你们见到我的名片了。”

“难道你没收到我的信？”玛丽安焦急万分地嚷道。“这里面肯定出差错了——一个十分可怕的差错。这到底是怎么回事？告诉我，威洛比——看在上帝的份上，告诉我，这是怎么回事？”

威洛比没有回答，他的脸色变了，又现出一副窘态。但是，他一瞧见刚才与他谈话的那个年轻女士的目光，便感到需要马上克制住自己。他重新恢复了镇静，随后说：“是的，你一番好意寄给我的、通知我你们已经进城的信件，我荣幸地收到了。”说罢微微点了下头，急忙返身回到他的朋友跟前。

玛丽安的脸色看上去白得吓人，两腿站也站不住，一屁股坐到椅子上。埃丽诺随时都怕她昏厥过去，一面挡住她不让别人看见，一面用薰衣草香水给她定定神。”

“你去找他，埃丽诺，”玛丽安一能讲话，便说道，“逼着他到我这儿来。告诉他我还要见他——马上有话对他说。我安不下心来——他不解释清楚，我一时一刻也安不下心来。一定发生了什么可怕的误会。哦，你马上去找他。”

“那怎么行呢？不，我亲爱的玛丽安，你要等待。这不是作解释的地方。等到明天再说吧。”

她好不容易才拦住妹妹，没让她亲自去找威洛比，但要劝她不要激动，至少表面上要镇静些，劝她等到可以与他私下交谈的时候再谈，效果会更好些，这在玛丽安是做不到的。玛丽安一直在长吁短叹，低声倾吐着内心的悲伤。不一会儿，埃丽诺看到威洛比离开客厅朝楼梯口走去，便告诉玛丽安他已经走了，今晚说什么也同他谈不成了，进一步开导她要镇静。玛丽安当即请姐姐去求米德尔顿夫人带她们回家，因为她太难过了，一分钟也呆不下去啦。

米德尔顿夫人一局牌正好打到一半，听说玛丽安不舒服，想回去，客客气气地没显出一丝半点的不高兴，把牌交给了一位朋友，马车一准备好便连忙告辞回家。在返回伯克利街的途中，大家几乎一言未发。玛丽安过于伤心，连眼泪都流不出来，只好默默地忍受着。幸亏詹宁斯太太还没回家，她们径直走回自己房里，玛丽安闻了闻嗅盐，稍许镇定了些。她很快脱下衣服，上了床，似乎想一个人呆着，姐姐就走了出去。埃丽诺在等候詹宁斯太太回来的时候，有空仔细考虑了往事。

无可怀疑，威洛比和玛丽安曾订过婚；而同样明白无疑的是，威洛比对此厌倦了，因为不管玛丽安还在如何痴心妄想，她埃丽诺总不能把这种行径归咎于什么误解和误会吧。唯一的解释是他完全变了心。埃丽诺若不是亲眼见到他那副窘态，她还要更加义愤填膺。那副窘态仿佛表明他知道自己做了错事，使她不愿相信他会那么品行不端竟然从一开始就心怀叵测，一直在玩弄她妹妹的感情。不在一起可能削弱了他的感情，而贪图物质享受可能使他彻底抛弃了这种感情，但是他以前确实爱过玛丽安，这无论如何无可置疑。

至于说到玛丽安，这次不幸的会面已经给她带来了极大的痛苦，以后的结局可能还会使她更加痛苦不堪。埃丽诺前思后想，不能不感到忧虑重重。相比之下，她自己的处境还算好的；因为她能一如既往地敬重爱德华，不管他们将来如何人分两地，她心里总有个精神依托。但是，可能招致不幸的种种现象似乎凑合到一起来了，正在加剧玛丽安的悲痛，与威洛比最终分离的悲痛——无可调和地与他马上决裂。

第五章

第二天一早，正当一月的清晨还是寒气袭人、一片昏黯的时候，玛丽安既不等女仆进来生火，也不等太阳送来光和热，衣服还未穿好，便跪伏在窗口，借助外面透进来的一丝亮光，一面泪如泉涌，一面奋笔疾书。埃丽诺被她急剧的抽泣声惊醒，才发现她处于这般状态。她惶恐不安地静静观察了她好一阵，然后带着体贴入微、温柔之至的口气说：

"玛丽安，可不可以问一下？"

"不，埃丽诺，"玛丽安回答说，"什么也别问，你很快都会明白的。"

纵使是绝望，这话说得颇为镇定。然而好景不长，她话音刚落，便又马上感到悲痛欲绝。过了好几分钟，才继续动笔写信，由于一阵阵地失声痛哭，她又只好不时地停下笔来，这就充分证明了埃丽诺的一种预感：玛丽安一定在给威洛比写最后一封信。

埃丽诺默默注视着玛丽安，不敢造次行事。她本想好好安慰安慰她，不料她神经质地苦苦哀求她千万别和她说话。在这种情况下，两人最好还是不要在一起久呆。玛丽安因为心神不定，穿好衣服后在房里一刻也呆不下去，就想一人独处并不停地改换地方，于是她避开众人，绕着房屋徘徊，直走到吃早饭为止。

早饭时，她什么也不吃，甚至连吃的意思都没有。此时可真够埃丽诺费心的，不过她不是在劝解她，怜悯她，看样子也不像在关注她，而是竭力把詹宁斯太太的注意力完全吸引到自己身上。

因为这是詹宁斯太太很中意的一顿饭，所以前前后后持续了好长时间。饭后，大家刚在斟酌桌前坐定，仆人递给玛丽安一封信。玛丽安迫不及待地一把夺过来，只见她脸色变得煞白，转眼跑出房去。埃丽诺一见这种情势仿佛见到了信封上的姓名地址一样，知道这信准是威洛比写来的。顿时，她心里泛起一股厌恶感，难受得几乎连头都抬不起来了。她坐在那里浑身直打颤，生怕难以逃脱詹宁斯太太的注意。谁知，那位好心的太太只看到玛丽安收到威洛比的一封信，这在她看来又是一份绝妙的笑料，因此她也就打趣起来，只听她扑哧一笑，说是希望这封信能让玛丽安称心如意。她因为正忙着为织地毯量绒线，埃丽诺的那副伤心样子，她根本没有察觉。等玛丽安一跑出去，她便安然自得地继续谈了起来：

"说实在话，我这一辈子还没见过哪个年轻女人这么痴心相恋的！我的女儿可比不上她，不过她们过去也够傻的。说起玛丽安小姐，她可是大变样了。我从心底里希望，威洛比别让她等得太久了。看见她面带病容，可怜见的，真叫人伤心。请问：他们什么时候办喜事？"

埃丽诺虽说从没像现在这么懒怠说话，但面对这种挑衅，她又不得不回敬一下，于是强颜欢笑地答道："太太，你真的嘴里这么一说，心里就相信我妹妹和威洛比先生订婚啦？我原以为你只是开开玩笑而已，可你问得这么一本正经，问题似乎就不那么简单了，因此，我要奉劝你不要再自欺欺人了。我对你说实话吧，听说他们两人要结婚，没有什么话比这更叫我吃惊的了。"

"真丢脸，真丢脸啊，达什伍德小姐，亏你说得出口！他们从一见面就卿卿我我地打得火热，难道我们大伙儿不知道他们要结婚？难道我在德文郡没见到他们天天从早到晚泡在一起？难道我不知道你妹妹跟我进城来特意置办婚服？得啦，得啦，别来这一套。你自己诡秘，就以为别人没有头脑；但是，我可以告诉你，根本不是这码事儿，其实，这件事儿早已闹得满城风雨了。我是逢人就说，夏洛特也是这样。"

"的确，太太，"埃丽诺十分严肃地说道，"你搞错了。你到处传播这消息，实在太不厚道了。虽然你现在不会相信我的话，你将来总会发现自已实在不厚道。”

詹宁斯太太又哈哈一笑，可是埃丽诺已经无心再费口舌。她急切地想知道威洛比写了些什么内容，便匆匆忙忙地赶回自己房里。打开门一看，只见玛丽安直挺挺地趴在床上，伤心得泣不成声，手里抓着一封信，身旁还放着两三封。埃丽诺走到她跟前，但是一声没响。她坐到床上，抓住妹妹的手，亲热地吻了几下，随即失声痛哭起来，那个伤心劲儿，起初简直不亚于玛丽安。玛丽安虽然说不出话，却似乎觉得姐姐这一举动情深意切，于是两人同声悲泣了一阵之后，她便把几封信都递进埃丽诺手里，然后用手帕捂住脸，悲痛得差一点尖叫起来。埃丽诺见她如此悲痛，实在令人惊骇，知道这里面定有缘故，便在一旁守望着，直到这场极度的悲痛略为平息下去。随即，她急忙打开威洛比的信，读了起来：

一月写于邦德街

亲爱的小姐：

适才有幸接读来函，为此请允许我向你致以诚挚的谢意。我颇感不安地发现，我昨晚的举止不尽令你满意。我虽然不知道在哪一点上不幸有所冒犯，但还是恳请你原谅，我敢担保那纯属无意。每当我想起先前与尊府在德文郡的交往，心头不禁浮起感激欢悦之情，因而便自不量力地以为，即使我行动上出点差错，或者引起点误会，也不至于破坏这种友情，我对你们全家充满了真诚的敬意。但是，倘若不幸让你认为我抱有别的念头或者别的意思的话，那我只好责备自己在表达这种敬意时有失谨慎，你只要了解以下情况，就会知道我不可能含有别的意思：我早就与别人定了情，而且我认为不出几个星期，我们就将完婚。我不胜遗憾地奉命寄还我荣幸地收到的惠书和惠赠给我的那绺头发。

您的谦卑恭顺的仆人

约翰·威洛比

可以想象，达什伍德小姐读到这样一封信，一定会义愤填膺。虽然她没读之前就知道，这准是他用情不专的一份自白，证实他俩将永远不得结合，但是她不知道如何容忍这样的语言：她也无法想象威洛比怎么能这样寡廉鲜耻，这样不顾绅士的体面，竟然寄来如此无耻、如此恶毒的一封信：在这封信里，他既想解除婚约，又不表示任何歉意，不承认自己背信弃义，矢口否认自己有过任何持殊的感情。在这封信里，字字行行都是谗言恶语，表明写信人已经深深陷进了邪恶的泥坑而不能自拔。

埃丽诺又气又惊地沉思了一阵，接着又读了几遍，每读一遍，就越发痛恨威洛比。因为对他太深恶痛绝了，她连话都不敢说，唯恐出言不逊让玛丽安更加伤心。在她看来，他们解除婚约对妹妹并没有任何坏处，而是使她逃脱了一场最不幸、最可怕的灾难，逃脱了跟一个无耻之徒的终身苟合，这是真正的得救，实属万幸。

埃丽诺一门心思在考虑那封信的内容，考虑写信人的卑鄙无耻，甚至可能在考虑另一个人的另一种心肠，这个人与这件事本来没有关系，她只是主观上把他和方才发生的一切联系到一起了。想着想着，她忘记了妹妹目前的痛苦，忘记膝上还放着三封信没有看，完全忘记了她在房里呆了多长时间。恰在这时，她听见有一辆马车驶到门前，便起身走到窗口，看看是谁不近人情地来得这么早。一看是詹宁斯太太的马车，她不禁大吃一惊，因为她知道主人直到一点钟才吩咐套车的。她现在虽然无法劝慰玛丽安，但她还是不想抛下她不管，于是她赶忙跑出去禀告詹宁斯太太：因为妹妹身体不舒服，自己只好失陪。詹宁斯太太正赶在兴头上，十分关心玛丽安的情况，便欣然同意了。埃丽诺把她送走后，又回去照看玛丽安，只见她撑着身子想从床上爬起来，因为长时间缺吃少睡而晕晕乎乎的，差一点摔到地板上，幸亏埃丽诺及时赶上去将她扶住。多少天来，她白日不思茶饭，夜晚睡不踏实，现在心里一旦失去了原来的焦灼不安的期待，顿时感到头痛胃虚，整个神经脆弱不堪。埃丽诺立刻给她倒了一杯葡萄酒，她喝下去觉得好受了些。最后，她总算对埃丽诺的一片好心领了点情，说道：

“可怜的埃丽诺，我把你连累得好苦啊！”

“我只希望，”姐姐应道，“我能有什么法子可以安慰安慰你。”

这话和别的话一样，实在叫玛丽安受不了。她心里忍着极大的痛苦，只能发出一声悲叹：“噢，埃丽诺，我好苦啊！”说罢又泣不成声。

埃丽诺见她如此悲戚，再也沉不住气了。

“玛丽安，你若是不想把你自己和你的亲人都折磨死的话，”她大声说道，“就请你克制一下。想想母亲，你忍受痛苦的时候，也想想她的痛苦。为了她，你必须克制自己。”

“我做不到，我做不到，”玛丽安嚷道。“我要是惹你苦恼了，就请你离开我，离开我；你尽管离开我，痛恨我，忘掉我，但是不要这么折磨我。哼！自己没有伤心事，说起克制来当然轻巧。快快乐乐的埃丽诺，你是无法知道我有多么痛苦的。”

“你居然说我快乐，玛丽安！唉，你若是知道就好啦。我眼看着你这么悲痛，你倒认为我是快乐的！”

“请原谅我，请原谅我，”说着将手臂搂住了姐姐的脖子，“我知道你为我伤心，我知道你心肠好。不过，你还是——你一定是快乐的。爱德华爱你——不是吗！什么事情能抵消掉这样的幸福？”

“很多很多情况，”埃丽诺郑重其事地说。

“不，不，不，”玛丽安狂叫道。“他爱你，而且只爱你一个人。你不可能有什么痛苦。”

“看到你弄成这副样子，我不可能有什么快乐。”

“你永远也看不到我变成另外一副样子。我的痛苦无论怎样也无法解除。”

“你不能这么说，玛丽安。你难道没有可以感到安慰的事情？没有朋友？你的损失就那么大，连安慰的余地都没有啦？尽管你现在感到很痛苦，可是你想想看，假使你到后来才发现他的为人，假使你们订婚好多个月以后才提出退婚，那你会遭受多大的痛苦？你要是不幸地每与他多接近一天，你就感到这打击越发可怕。”

“订婚！”玛丽安嚷道，“我们没有订婚呀。”

“没有订婚！”

“没有，他不像你想象的那样卑鄙无耻。他没有对我背信弃义。”

“但他对你说过他爱你吧？”

“是的——不——从来没有——绝对没有。他每天都含有这个意思，但是从来没有明说过。有时我以为他说了——其实他从没说过。”

“但他给你写过信吧？”

“是的——事情到了那个地步，难道写信也有错？不过我也没法说啦。”

埃丽诺没再作声。此时，那三封信比先前引起了她的更大兴趣，于是她马上把信的内容匆匆瞧一遍。第一封信是她妹妹刚进城时写给威洛比的，内容如下：

一月，于伯克利街

威洛比，你收到达封信会感到十分惊奇！我想，你若是知道我在城里，可能还不止是惊奇呢。有机会来这里（虽说与詹宁斯太太一起来的），对我们具有难以克制的诱惑力。我希望你能及时收到此信，今晚就来到这里，不过我想你未必能来。无论如何，我明天等你。再见。

玛·达

第二封信是参加了米德尔顿家的舞会后的第二天上午写的，内容如下：

前天没有见到你，我说不出有多么失望。还有，我一个多星期前写给你一封信，至今不见回音，也使我感到惊讶。我一天到晚无时无刻不在期待你的来信，更期待见到你。请你尽快再来一趟，解释一下为什么叫我空盼一场。你下次最好来得早一点，因为我们通常在一点钟以前出去。昨晚米德尔顿夫人家举行舞会，我们都去参加了。我听说你也受到邀请。但这可能吗？如果情况果真如此，而你又没去，那自从我们分手以来，你可是判若两人了。不过我认为这是不可能的，希望立即得到你的亲自保证：情况并非如此。

玛·达

玛丽安最后一封信的内容是这样的：

威洛比，你叫我怎么想象你昨晚的举动？我再次要求你作出解释。我本来准备和你高高兴兴、亲亲热热地见上一面，因为我们久别重逢自然会产生一种喜幸感，而我们在巴顿的亲密关系似乎理所当然地会带来一种亲切感。不想我遭到了冷落！我痛苦了一个晚上，总想为你那简直是侮辱性的行为寻找个理由。虽然我尚未替你找到合乎情理的辩解之词，我倒很想听听你自己的辩护。也许你在关系到我的什么事情上听到了什么误传，或是上了别有用心的人的当，从而降低了我在你心目中的地位。告诉我这是怎么回事，解释一下你为什么要这样做，那么，我将为能消除你的疑虑而感到满足。的确，假如我不得不把你想得很坏的话，我是会非常痛苦的。

不过，如果我真需要这样做，如果我真知道你已经不像我们迄今想象的那样，你对我们大家的关心只是一片虚情假意，你对我的所作所为只是为了欺骗我，那你就趁早实说。现在，我心里正处于一种十分可怕的犹豫不决的状态。我希望宣告你是无辜的，然而不管是哪种情况，只要说个确实，都会减轻我目前的痛苦。如果你的感情起了变化，就请你退还我的信件和你保存的我那绺头发。

玛·达

埃丽诺简直不敢相信，对这些写得这么情意绵绵、推心置腹的信，威洛比竟然作出这种答复。但是，她对威洛比的责怪并未使她无视玛丽安的有失体统，因为这些信根本就不该写。她默默地沉思着，使她感到痛心的是，玛丽安竟然这样冒冒失失地向人家诉说衷肠，平白无故地给人家提供把柄，结果受到事实的无情嘲弄。正在这时，玛丽安发觉埃丽诺读完了信，便对她说：这些信其实也没啥，任何人处在同样情况下都会这么写的。

“我自以为和他是正经订了婚的，”她补充说，“就像受到极其严格的法律条款的约束一样。”

“我相信这个，”埃丽诺说。“但不幸的是，他却不这样以为。”

“埃丽诺，他以前也是这么想的——他有好多个星期都是这么想的。我知道他是这么想的。不管他为什么会变成现在这个样子（只有什么人对我施展了最恶毒的诡计，才会使他变成这样），他一度对我要多亲有多亲。就说那绺头发吧，他现在说不要就不要了，想当初可是向我苦苦哀求讨去的。你当时如果见到他那副神态，听听他那个腔调，那就好了！你有没有忘记我们一起在巴顿的最后一个晚上？还有分手的那天早上！他对我说，我们还要过好多个星期才能再见面——他那个悲伤劲呀，我怎么能忘得了？”

她再也说不下去了，只好停了一会儿。等这阵激动一过去，便带着更坚定的口气，补充说道：

“埃丽诺，我受到了无情的虐待，但不是让威洛比。”

“亲爱的玛丽安，不是他又是谁？他能受谁唆使呢？”

“受天下所有人的唆使，而不是凭他自己的心愿。我宁肯相信我所认识的所有人串通起来诋毁了我在他心目中的形象，也不相信他禀性会这么残忍。他信里提到的那个女人——不管她是谁——总而言之，除了亲爱的你、母亲和爱德华以外，任何人都会冷酷无情地讲我的坏话。除你们三人之外，天下人我哪个不能怀疑他心术不正，偏偏去怀疑威洛比？我很了解他的心。”

埃丽诺不想争辩，只是回答说：“不管什么人会这么可恶地与你为敌，你就笃信自己清白无辜、一片好心，摆出一副高姿态让他们瞧瞧，叫他们想幸灾乐祸也乐不成。这是一种合情合理、值得称赞的自豪感，可以顶得住邪恶的攻击。”

“不，不，”玛丽安嚷道，“像我这样痛苦是没有自豪感的。我不在乎谁知道我在痛苦。天下人谁见到我这副样子都可以幸灾乐祸。埃丽诺，埃丽诺，没有遭受什么痛苦的人尽可以感到骄傲，感到自豪，还可以不受侮辱，甚至以牙还牙，但是我不行。我是一定要感到痛苦的——人们得知后愿意高兴就尽管高兴去吧。”

“可是，看在母亲和我的份上——”

“我愿意多为你们着想。不过，要我在悲痛的时候装出高兴的样子——噢，谁会这样要求呢？”

两人又陷入了沉默。埃丽诺若有所思地从炉前踱到窗口，又从窗口踱到炉前，既没感到火炉的温暖，也没察觉窗外的景物。玛丽安坐在床角，头靠在床架杆上，伸手又拿起威洛比的信，战战兢兢地把每句话又读了一遍，然后惊叫道：

“太不像话了！威洛比呀，威洛比，这难道是你写的信？狠心啊，狠心——你说什么也逃脱不了这个罪责。埃丽诺，他说什么也逃脱不了。他不管听到了有关我的什么坏话——他难道不该先画个问号？他难道不该告诉我，给我个洗刷自己的机会？‘你惠赠’（读信里的话）‘给我的那绺头发’——这是无法宽恕的。威洛比，你写这话的时候良心何在？哼！真是蛮横无礼！埃丽诺，他有道理吗？”

“不，玛丽安，绝对没有。”

“再说这个女人——谁知道她施展了什么诡计，预谋了多长时间，精心策划到何种程度！她是谁呢？她能是谁呢？在他认识的女人中，我听他谈过谁又年轻又迷人呢？哦，没人，没人——他对我只谈论我自己。”

又是一阵沉默。玛丽安激动不已，最后这样说道：

“埃丽诺，我要回家。我要去安慰母亲。难道我们不能明天就走吗？”

“明天，玛丽安！”

“是的，我为什么要呆在这里呢？我来这里只是为了威洛比——现在谁还关心我？谁还喜欢我？”

“明天就走是办不到的。詹宁斯太太待我们这么好，我们对她要有礼貌。即使按照常礼，也不能这么匆匆忙忙地走掉啊。”

“那好，也许可以宽限一两天。但是我不能在这儿久留，我不能呆在这儿任凭这些人问这问那，说长道短。米德尔顿夫妇、帕尔默夫妇——我岂能忍受他们的怜悯？米德尔顿夫人那种女人的怜悯！哦！她会怎么说啊！”

埃丽诺劝她再躺下，她果真躺了一会儿。但是怎么个躺法都感到不舒服，只觉得心里烦躁不安，身上疼痛不止，不由得一个劲地辗转反侧。后来越来越歇斯底里了。姐姐眼看她在床上呆不住了，一度担心需要喊人来。谁知，最后好说歹说，她服了几滴薰衣草药水，倒很有效果。从那时起到詹宁斯太太回来，她一直安安静静、一动不动地躺在床上。

第六章

詹宁斯太太一回家，就来到她俩的房间，敲敲门，还没等听到回音，便推开门走了进去，脸上显出十分关切的神气。

“你好吗，亲爱的？”她带着极为同情的口吻对玛丽安说，不料玛丽安背过脸去，并不理她。

“她怎么样啦，达什伍德小姐？可怜的人儿！她脸色很不好。这也难怪。唉，这事儿一点也不假。威洛比马上就要结婚了——没出息的家伙！真叫我不能容忍。泰勒太太半个钟头以前告诉我的，而她又是从格雷小姐的一个好朋友那儿听说的，不然我肯定不会相信。我简直快给气昏了，唉，我说，我只能这样说：如果真有其事，那他就可恶透顶地亏待了与我相识的一位小姐，我真心希望他老婆搅得他心神不宁。亲爱的，你尽管放心，我要永远这么说。我不知道男人还有这么胡作非为的。我若是再见到他，非狠狠训他一顿不可，这许多天来倒轻松了他。不过，玛丽安小姐，有一点是令人宽慰的：天下值得追求的年轻人不止他一个，就凭着你那张漂亮的脸蛋，爱慕你的人永远少不了。好了，可怜的人儿！我不再打扰她啦，最好叫她马上痛痛快快地哭上一场，然后这件事儿就算了结啦。你知道，帕里夫妇和桑德森夫妇幸好今晚要来，可以让玛丽安高兴高兴啦。

她说罢便扭过身，踮着脚尖走出房去，好像她的年轻朋友一听到响声会更加痛苦似的。

出乎姐姐的意料之外，玛丽安定要和大伙儿一道吃饭。埃丽诺劝她不要这样做，但是她不肯，她要下楼去。她完全能受得了，大伙儿也好少围着她忙来忙去。埃丽诺见她一时间能有意克制自己，不由得高兴起来。虽然她觉得她在饭桌上难以善始善终，她还是没有作声。趁玛丽安还躺在床上的时候，就尽心地给她整理衣服，想等下面一叫，便扶着她走进餐厅。

到了餐厅，她虽然看上去万分沮丧，但是比姐姐想象的吃得多，也镇定得多。她假若开口说说话，或者对詹宁斯太太那些本意，良好但不合时宜的殷勤款待稍许敏感一些的话，她不可能保持镇定。谁知她嘴里没吐一个字，而且由于她心不在焉，对眼前发生的事情全然不知。

詹宁斯太太的一片好心，虽然往往表现得令人烦恼，有时简直荒谬可笑，但是埃丽诺还比较公道，屡次向她表示感谢，显得礼貌十分周全，这是妹妹绝对做不到的。且说，她们妹妹俩的这位好朋友发现玛丽安愁眉苦脸的，觉得她责无旁贷地要帮助她减少痛苦。因此，她像长辈对待自己的掌上明珠一样，在孩子回家度假的最后一天，一个劲地骄惯溺爱她。她要把玛丽安安排在炉前的最好位置，要用家里的种种佳肴诱她吃饱吃好，要拿当天的所有新闻逗她喜笑颜开。埃丽诺若不是见妹妹神色不好，不敢嬉笑的话，她真要被詹宁斯太太逗乐了：她居然想用五花八门的蜜饯、橄榄以及暖烘烘的火炉，来医治情场失意的创伤。不料，她反来复去地这么搞，终于被玛丽安察觉了意图，于是她再也呆不下去了。她急忙哀叹了一声，向姐姐做了个手势，示意她不要跟着她走，然后便立起身来，匆匆走出房去。

“可怜的人儿!”玛丽安一走出去，詹宁斯太太便大声叫了起来，“看见她真叫我伤心啊，真没想到，她连酒也没喝完就走了！还有那樱桃脯也没吃完！天哪！好像什么东西也不对她的胃口。我敢说，我假使知道她爱吃什么东西，我一定打发人跑遍全城去找。唉，有人竟然如此亏待这么漂亮的一个姑娘，真是不可思议！不过，在一方有的是钱、另一方钱很少的情况下（愿上帝保佑!），人们也就不在乎这些东西啦!”

“这么说来，那位小姐——我想你管她叫格雷小姐——非常有钱啦?”

“五万镑啊，亲爱的。你见过她吗？听说是个风流时髦的小姐，但是并不漂亮。我还清清楚楚地记得她的姑妈比迪·亨肖，她嫁给了一个大财主。她一家人都跟着发了财。五万镑，据大家说，这笔钱来得很及时，因为据说威洛比破产了。这也难怪，谁叫他乘着马车、带着猎犬东奔西颠的！唉，说这些有什么用，不过一个年轻小伙子，不管他是什么人，既然向一位漂亮的站娘求了爱，而且答应娶她，不能仅仅因为自己越来越穷，有一位阔小姐愿意嫁给他，就突然变了卦。在这种情况下，他为什么不卖掉马，出租房子，辞退佣人，马上来个彻底的改过自新？我向你担保，玛丽安小姐本来会愿意等到景况有所好转的。不过没有用，如今的年轻人什么时候也不会放弃追求享乐的。”

“你知道格雷小姐是个什么样的姑娘吗？是不是说她挺温顺的?”

“我从没听说她有什么不好。的确，我几乎从没听见有人提起她，只是今天早晨听泰勒夫人说，华克小姐有一天向她暗示，她认为埃利森夫妇很愿意把格雷小姐嫁出去，因为她和埃利森夫人总是合不来。”

“埃利森夫妇是什么人?”

“她的保护人呀，亲爱的。不过她现在成年了，可以自己选择了，她已经作出了一个奇妙的选择。对啦，”詹宁斯太太顿了顿，然后说，“你可怜的妹妹回自己房间了，想必是一个人伤心去了。我们大家就想不出个办法安慰安慰她？可怜的好孩子，叫她孤苦伶仃地一个人呆着，这似乎太冷酷无情了。对了，不一会儿要来几个客人，可能会引她高兴一点。我们玩什么呢？我知道她讨厌惠斯特。不过，难道没有一种打法她喜欢?”

“亲爱的太太，你大可不必费这个心。玛丽安今晚决不会再离开她的房间。如果可能的话，我倒要劝她早点上床睡觉，她实在需要休息。”

“啊，我看那对她最好不过了。晚饭吃什么让她自已点，吃好就去睡觉。天哪！难怪她这一两个星期总是神色不好，垂头丧气的，我想她这些日子一直在悬念着这件事儿。谁想今天接到一封信，事情全吹了！可怜的人儿！我若是早知道的话，决不会拿她开玩笑。可你知道，这样的事儿我怎么猜得着呢？我还一心以为这只不过是一封普普通通的情书呢。而且你也知道，年轻人总喜欢别人开开他们的玩笑。天哪！约翰爵士和我的两个女儿听到这个消息，会有多么担忧啊！我若是有点头脑的话，刚才在回家的路上该到康迪特街去一趟，给他们捎个信儿。不过我明天会见到他们的。”

“我相信，帕尔默夫人和约翰爵士用不着你提醒，也会留神别在我妹妹面前提起威洛比先生，或者拐弯抹角地提起这件事。他们都是善良人，知道在她面前露出知情的样子会让她多么痛苦。还有一点你这位亲爱的太太不难置信，别人在这件事上对我谈得越少，我心里就会少难受些。”

“哦，天哪！我当然相信。你听见别人谈论这件事，一定非常难过。至于你妹妹嘛，我敢肯定，我绝对不会向她提起这件事儿。你都看见了，我整个午饭期间只字未提呀，约翰爵士和我两个女儿也不会贸然提起，因为他们心眼都很细，很会体贴人，——特别是我向他们一暗示的话，那更不成问题，当然我是一定要暗示的。就我来说，我想这种事情说得越少越好，遗忘得也越快。你知道，说来说去有什么好处呢？”

“对这件事，谈来谈去只有害处——害处之大，也许超过许多同类事件，因为看在每个当事人的份上，有些情况是不亚于当众谈论的。我必须替威洛比先生说这么一句公道话——他与我妹妹没有明确订婚，因而无所谓解除婚约。”

“啊，天哪！你别装模作样地替他辩护啦。好一个没有明确订婚！谁不知道他带着你妹妹把艾伦汉宅第都逛遍了，还把他们以后要住哪些房间都说定了！”

埃丽诺看在妹妹的面上，不好坚持硬说下去。况且，看在威洛比的面上，她认为也没有必要再坚持下去。因为她若是硬要争个青红皂白，玛丽安固然要大受其害，威洛比也将无利可得。两人沉默了不一会儿，詹宁斯太太毕竟是个热性子人，突然又嚷嚷起来：

“好啦，亲爱的，这里倒真正用得上‘恶风不尽恶，此失而彼得’那句俗语，因为布兰登上校就要从中捞到好处了。他最终要得到玛丽安啦。是的，他会得到她的。你听我说，到了夏至，他们不结婚才怪呢。天哪！上校听到这消息会多么开心啊！我希望他今晚就来。他与你妹妹匹配多了。一年两千镑，既无债务，又无障碍——只是确实有个小私生女。对啦，我把她给忘了。不过花不了几个钱，就能打发她去当学徒，这样一来有什么要紧？我可以告诉你，德拉福是个好地方，完全像我说的那样，是个风景优美、古色古香的好地方，条件舒适，设施便利，四周围着园墙，大花园里种植着乡下最优良的果树。有个角落长着一棵好棒的桑树！天哪！我和夏洛特就去过那儿一次，可把肚子撑坏了！此外还有一座鸽棚，几口可爱的鱼塘，和一条非常美的河流。总之，只要人们想得到的，应有尽有。何况，又挨近教堂，离公路只有四分之一英里，什么时候也不会觉得单调无聊，因为屋后有一块老紫杉树荫地，只要往里面一坐，来往的车辆一览无余。哦！真是个好地方！就在村庄上不远的地方住着个屠户，距离牧师公馆只有一箭之地。依我看，准比巴顿庄园强上一千倍。在巴顿庄园，买肉要跑三英里路，没有一家邻居比你母亲再近的了。好啦，我要尽快给上校鼓鼓气。你知道，羊肩肉味道好，吃着这一块就忘了前一块。我们只要能让她忘掉威洛比就好啦！”

“啊，太太，只要能做到这一点，”埃丽诺说，“以后有没有布兰登上校都好办。”说罢站起身，找玛丽安去了。不出她所料，玛丽安就在房里，闷闷不乐地坐在奄奄一息的炉火前。直到埃丽诺进来为止，室内就这么一点亮光。

“你最好离开我，”做姐姐的就听她说了这么一句话。

“你要是上床睡觉，”埃丽诺说，“我就离开你。”但是，玛丽安实在悲痛难忍，凭着一时任性，先是拒不答应。然而，经不住姐姐苦口婆心地好言相劝，她很快又乖乖地顺从了。埃丽诺见她把疼痛的脑袋枕到枕头上，真像她希望的那样要安安稳稳地休息一下，便走出房去。

她随后来到客厅，过不一会儿，詹宁斯太太也来了，手里端着一只酒杯，斟得满满的。

“亲爱的，”她说着走了进来，“我刚刚想起，我家里还有点康斯坦雪陈酒，你从没品尝过这么好的上等酒——所以我给你妹妹带来一杯。我那可怜的丈夫！他多么喜欢这酒啊！他那胆酸痛风症的老毛病一发作，就说天下没有什么东西比这老酒对他更有效。快端给你妹妹吧。”

“亲爱的太太，”埃丽诺答道，听说这酒可以医治如此截然不同的疾病，不由得微微一笑，“你真是太好啦！但我刚才来的时候，玛丽安已经上床了，差不多都睡着啦。我想，对她最有益的还是睡眠，你要是允许的话，这酒就让我喝了吧。”

詹宁斯太太虽然悔恨自己没有早来五分钟，可是对这折衷办法倒也满意。埃丽诺咕嘟咕嘟地喝掉大半杯，一面心里在想：虽然这酒对胆酸痛风症的疗效如何目前对她无关紧要，不过它既然能治好失恋的心灵创伤，让她试用与让她妹妹试用岂不同样有意义。

正当大伙儿用茶的时候，布兰登上校进来了。根据他在室内东张西望寻觅玛丽安的神态，埃丽诺当即断定：他既不期待也不希望见到她，总而言之，他已经晓得了造成她缺席的缘由。詹宁斯太太不是这么想的，因为一见他走进门，她就来到对面埃丽诺主持的茶桌前，悄声说道：“你瞧，上校看样子和以往一样沉重。他还一点不知道呢，快告诉他吧，亲爱的。”

随后不久，上校拉出一张椅子挨近埃丽诺坐下，然后便问起了玛丽安的情况，他那神气越发使她确信：他已经掌握了确切的消息。

“玛丽安情况不佳，”埃丽诺说。“她一整天都不舒服，我们劝她睡觉去了。”

“那么，也许，”上校吞吞吐吐地说，“我今天早晨听到的消息是真实的——我起初不敢相信，看来可能真有其事。”

“你听到什么啦？”

“听说有个男子，我有理由认为——简单地说，有个人，我早就知道他订了婚——我怎么跟你说呢？你若是已经知道了，而且你谅必一定是知道的，就用不着我再说啦。”

“你的意思是说，”埃丽诺故作镇定地应道，“威洛比先生要与格雷小姐结婚？是的，这我们确实知道。今天似乎是个真相大白的日子，因为直到今天上午我们才知道这件事。威洛比先生真是令人莫测高深！你是在哪儿听说的？”

“在帕尔美尔街一家文具店里，我到那儿有事。有两个女士正在等马车，其中一个向另一个叙说起这桩计划中的婚事，听声音并不怕别人听到，因此我可以听得一字不漏。首先引起我注意的，是她一再提到威洛比的名字：约翰·威洛比。接着她十分肯定地说：他与格雷小姐的婚事已经最后敲定——不需要再保密了——甚至不出几周就要办喜事，还具体地谈到了许多准备情况和其他事宜。有一件事我记得尤为清楚，因为它有助于进一步鉴别那个人。婚礼一完结，他们就计划去库姆大厦，也就是威洛比在萨默塞特郡的宅第。真叫我吃惊啊！不过我当时的心情是莫可名状的。我在文具店里呆到她们走，当场一打听，才知道那个藏不住话的是埃利森太太，后来又听人说，那是格雷小姐的保护人的名字。”

“是这样。你是不是也听说格雷小姐有五万镑，如果我们在什么地方可以找到解释的话，这或许就是一个。”

“这有可能，不过威洛比可能——至少我认为——”上校略停了片刻，然后用一种似乎缺乏自信的语气补充说，“且说你妹妹——她怎么——”

“她非常痛苦。我只能希望痛苦的时间相对短一些。她一直到现在，悲痛极了。我想直到昨天，她还从未怀疑过威洛比的情意。甚至现在，也许——不过，我倒几乎确信，他从未真正爱过她。他一向很不老实！从某些事情上看，他似乎心肠挺冷酷。”

“嗨!”布兰登上校说，“确实如此：可是你妹妹不——我想你说过——她不像你这样认为的吧？”

“你了解她的脾气，尽可相信：要是可能的话，她现在还急着替威洛比辩护呢。”

上校没有应声。过不一会儿，茶盏端走了，牌桌安排妥当，人们必然也就不再谈论这个话题。詹宁斯太太本来一直在兴致勃勃地瞅着他们两个谈话，心想只要达什伍德小姐一露口风，布兰登上校马上就会笑逐颜开，就如同一个人进入青年时期，充满了希望和幸福一样。不料她惊奇地发现：上校整个晚上比往常还要不苟言笑，心事重重。

第七章

玛丽安夜里比她料想的睡得要多，然而第二天早晨一觉醒来，却依然觉得像先前合眼时一样痛苦。

埃丽诺尽量鼓励她多谈谈自己的感受，没等早饭准备好，她们已经反反复复地谈论了好几遍。每次谈起来，埃丽诺总是抱着坚定不移的信念，满怀深情地开导她，而玛丽安却总像以前那样容易冲动，没有定见。她有时认为威洛比和她自己一样无辜、不幸，有时又绝望地感到不能宽恕他。她时而哪怕举世瞩目也毫不在乎，时而又想永远与世隔绝，时而又想与世抗争下去。不过有一件事她倒是始终如一的：一谈到本题，只要可能，她总是避开詹宁斯太太，若是万一摆脱不了，那就坚决一声不响。她已经铁了心，不相信詹宁斯太太会体谅她的痛苦。

“不，不，不，这不可能，”她大声嚷道，“她不会体谅我。她的仁慈不是同情，她的和蔼不是体贴。她所需要的只是说说闲话，而她现在所以喜欢我，只是因为我给她提供了话柄。”

埃丽诺即便不听这话，也早知妹妹由于自己思想敏感精细，过分强调人要多情善感，举止娴雅，因而看待别人往往有失公道。如果说世界上有一多半人是聪慧善良的，那么，具有卓越才能和良好性情的玛丽安却如同其他一小半人一样，既不通情达理，又有失于公正。她期望别人和她怀有同样的情感和见解，她判断别人的动机如何，就看他们的行为对她自已产生什么样的直接效果。一天早饭后，正当姊妹俩一起呆在房里的时候，就发生了这么一件事，进一步降低了玛丽安对詹宁斯太太的评价。原来，都怪她自己不好，这件事意外地给她带来了新的痛苦，而詹宁斯太太则完全出自一番好意，情不自禁地给卷了进去。

她手里拿着一封信，认为一定会给玛丽安带来欣慰，便老远伸出手，喜笑颜开地走进房来，一面说道：

“喂，亲爱的，我给你带来一样东西，管保叫你高兴。”

玛丽安听得真切。霎时间，她想象中见到威洛比的一封来信，写得情意缠绵，悔恨交加，把过往之事一五一十地作了解释，令人满意而信服，转瞬间，威洛比又急匆匆地跑进房来，拜倒在她的脚下，两眼脉脉含情地望着她，一再保证他信里说的句句都是实话。谁想，这一切顷刻间便化为泡影。呈现在她面前的，是她以前从未讨厌过的母亲的手迹；在那欣喜若狂的幻景破灭之后，接踵而来的是极度的失望，她不由地感到，仿佛到了那个时刻才真正遭受到痛苦似的。

詹宁斯太太的冷酷无情，即令玛丽安处在最能说会道的时刻，也无法用言语加以形容。现在她只能用涌流不止的泪水来谴责她——然而这种谴责完全不为对方所领悟，她又说了许多表示同情的话，然后便走了出去，还劝导她读读信，宽慰宽慰自己。但是，等玛丽安安静下来读信的时候，她从中并未得到什么安慰。威洛比的名字充斥着每一页信纸。母亲仍然确信女儿订了婚，一如既往地坚信威洛比忠贞不渝，因为只是受到埃丽诺的求告，才来信恳请玛丽安对她们俩坦率一些。字里行间充满了对女儿的温情，对威洛比的厚爱，对他们未来幸福的深信不疑，玛丽安边读边痛哭不止。

现在玛丽安又产生了回家的迫切愿望。母亲对她来说比以往任何时候都倍感亲切——由于她过于误信威洛比，才显得倍加亲切。玛丽安迫不及待地要走，埃丽诺自己也拿不定主意，不知玛丽安究竟呆在伦敦好，还是回到巴顿好，因此没有发表自己的意见，只是劝她要有耐心，等着听听母亲的意见。最后，她终于说服了妹妹，同意听候母亲的意见。

詹宁斯太太比通常早些离开了她们。因为不让米德尔顿夫妇和帕尔默夫妇像她一样感伤一番，她总是于心不安。埃丽诺提出要陪她一起去，被她断然拒绝了，她一个人出去了，一个上午都在外边。埃丽诺忧心忡忡，知道她是去传播这些伤心事的，同时从玛丽安收到的信中可以看出，她对此事没能让母亲作好任何思想准备，于是，便坐下来着手给母亲写信，把发生的情况告诉她，请求她对将来怎么办作出吩咐。与此同时，玛丽安等詹宁斯太太一走，也来到客厅，现在正一动不动地坐在埃丽诺伏案写信的桌前，盯着她唰唰舞动的笔，不仅为她吃这苦头感到伤心，而且更为母亲会做出何等反应而感到忧愁不安。

这种局面大约持续了一刻来钟。这时，玛丽安的神经已经紧张得无法承受任何突如其来的声响，不料偏偏被一阵敲门声吓了一跳。

“这是谁呀?”埃丽诺嚷道。“来得这么早！我还以为不会有人来打扰呢。”

玛丽安走到窗口。

“是布兰登上校!”她恼怒地说道。“我们什么时候也摆脱不了他!”

“詹宁斯太太不在家，他不会进来的。”

“我才不信你这话呢,”她说着就往自己房里走去。“一个人自己无所事事，总要厚着脸皮来侵占别人的时间。”

尽管玛丽安的猜测是建立在不公正的基础上，但是事实证明她还是猜对了，因为布兰登上校确实进来了。埃丽诺深知他是由于挂念玛丽安才到这里来的，而且从他那忧郁不安的神情里确实发现了这种挂念，便无法宽恕妹妹竟然如此小看他。

“我在邦德街遇见了詹宁斯太太,”寒暄之后，上校说道，“她怂恿我来一趟，而我也容易被怂恿，因为我想八成只会见到你一个人，这是我求之不得的。我要单独见见你的目的——愿望——我唯一的愿望——我希望，我认为是——是给你妹妹带来点安慰——不，我不该说安慰——不是一时的安慰——而是信念，持久的信念。我对她、对你、对你母亲的尊敬——请允许我摆出一些情况加以证明，这完全是极其诚恳的尊重——只是诚挚地希望帮帮忙——我想我有理由这样做——虽然我费了好几个小时说服自己这样做是正确的，我还是在担心自己是不是可能犯错误?”他顿住了。

“我明白你的意思,”埃丽诺说。“你想向我谈谈威洛比的情况，好进一步揭示一下他的人格。你说说这个，将是对玛丽安最友好的表示。若是你提供的消息有助于达到那一目的，我将马上对你表示感激不尽，玛丽安有朝一日也一定会感激你的。请吧，快说给我听听。”

“你会听到的，简单地说，去年十月，我离开巴顿的时候——不过这样说会让你摸不着头脑。我必须再往前说起。达什伍德小姐，你会发现我笨嘴拙舌的，简直不知道从何说起。我想有必要简短地叙说一下我自己，而且确实是很简短。在这个问题上,”说着深深叹了口气，“我没有什么值得罗嗦的。”

他停下，略思片刻，接着又叹口气，继续说了下去。

“你大概全然忘记了一次谈话——（这本来也不可能给你留下什么印象）——那是一天晚上，我们在巴顿庄园进行的一次谈话——那天晚上有个舞会——我提到我过去认识一位小姐，长得有些像你妹妹玛丽安。”

“不错，”埃丽诺答道，“我没有忘记。”一听说她还记得，上校显得很高兴，便接着说道：

“如果我在令人感伤的回忆中没有被捉摸不定的现象和偏见所蒙骗的话，她们两人在容貌和性情上都十分相似——一样的热情奔放，一样的想入非非、兴致勃勃。这位小姐是我的一个近亲，从小就失去了父母，我父亲就成了她的保护人。我俩几乎同年，从小青梅竹马。我不记得我还有不爱伊丽莎的时候，我们长大以后，我对她一往情深，不过从我目前孤苦无告和闷闷不乐的情况来看，也许你会认为我不可能有过这种感情。她对我的一片深情，我想就像你妹妹对威洛比一样炽烈。可是我们的爱情同样是不幸的，虽然原因不一样。她十七岁那年，我永远失去了她。她嫁人了——违心地嫁给了我哥哥。她有一大笔财产，而我的庄园却负债累累。这恐怕是我对她的舅父和保护人的行为所能作出的全部说明。我哥哥配不上她。他甚至也不爱她。我本来希望，她对我的爱会激励她度过任何困难，而在一段时间里也确实是这样。可到后来，她受到了无情的虐待，悲惨的处境动摇了她的决心，虽然她答应我不会——瞧，我真是乱说一气：我还从没告诉你这是怎么引起来的。我们准备再过几个小时就一起私奔到苏格兰，不料我表妹的女仆背信弃义，或是办事不牢，把我们出卖了。我被赶到一个远方的亲戚家里，她失去了自由，不许交际和娱乐，直到我父亲达到了他的目的为止。我过于相信她的刚正不阿，因而受到了严厉的打击——不过，她的婚姻假若幸福的话，我当时尽管很年轻，过几个月也就死心塌地了，至少现在不用为之悲伤。然而，情况并非如此。我哥哥对她没有感情，追求的是不正当的快乐，从一开始就待她不好。对于像布兰登夫人这样一个年轻、活泼、缺乏经验的女性来说，由此而造成的后果是极其自然的。起初，对于这种悲惨的处境她听天由命。她若是后来没有消除由于怀念我而产生的懊恼，事情倒也好办些。但是，说来难怪的是，她有那样的丈夫逗引她用情不专，又没有亲戚朋友开导她，遏制她（因为我父亲在他们婚后只活了几个月，而我又随我的团驻扎在东印度群岛)，她堕落了。我若是呆在英国的话，也许——不过我是想促成他们两人的幸福，才一走好几年的，并且特意和人换了防。她结婚给我带来的震惊，”上校声音颤抖地继续说道，“同我大约两年后听说她离了婚的感觉相比，实在是微不足道。正是这件事引起了我的满腹忧愁，直至现在，一想起我那时的痛苦——”

他再也叙说不下去了，只见他急忙立起身，在房里踯躅了几分钟。埃丽诺听着他的叙说，特别是看到他那样痛苦，感动得也说不出后来。上校见她如此关切，便走过来，抓住她的手紧紧握住，我回到英国。我刚一到，头一件事当然是寻找她。但是真叫人伤心，找来找去毫无结果。我查到第一个诱她下水的人，再也追查不下去了。我有充分理由担心，她离开他进一步陷入了堕落的深渊。她的法定津贴既不足以使她富有起来，也不够维持她的舒适生活。哥哥告诉我，几个月以前，她的津贴接受权被转让给另一个人。他设想——而且可以安然自得地设想，生活的奢侈以及由此引起的拮据，迫使她不得不转让财产，以应付某种当务之急。最后，我回到英国六个月之后，我终于找到了她。我以前有个仆人，后来遭到不幸，因为负债而被关进拘留所，我出于对他的关心，到拘留所看望他。在那儿，就在同一幢房子里，由于同样的原因，还关着我那不幸的表妹。她完全变了样——变得病弱不堪——被种种艰难困苦折磨垮了！面对着这个形容憔悴、神志萎靡的人儿，我简直不敢相信，我曾经心爱过的那个如花似玉、健美可爱的姑娘，居然落到如此悲惨的境地。我这么望着她，真是心如刀绞——但是我没有权利细说给你听，伤害你的感情——我已经太使你伤心了。后来，她处在结核病的后期，这倒是——是的，在这种情况下，这对我倒是个莫大的安慰。生命对她来说，除了给点时间为死亡作好充分的准备之外，别无其他意义。而这点准备时间还是给了她的。我看见她被放置在舒适的房间里，受到妥善的护理。在她逝世前的一段时间，我每天都去看望她。在她生命的最后时刻，我守在她身旁。”

上校又停下来，想镇定一下。埃丽诺不由得发出一声哀叹，表示了对他朋友的不幸遭遇的深切同情。

“我认为你妹妹和我那可怜的丢人现眼的表妹十分相似，”上校说，

“我希望你妹妹不要生气。她们的命运不可能是一样的。我表妹天生的温柔性情，假若意志坚强一些，或者婚事如意一些，她就可能和你将来要看到的你妹妹的情况一模一样。但是，我说这些干什么？我似乎一直在无缘无故地惹你烦恼。嗨！达什伍德小姐——这样一个话题——已经有十四年没有提起了——一旦说起来还真有点危险呢！我还是冷静点——说得简洁点。她把她唯一的小孩托付于我。那是个女孩，是她同第一个非法男人生下的，当时只有三岁左右。她很爱这孩子，总是把她带在身边。这是对我难能可贵的莫大信任。假如条件许可的话，我将会很乐意严格履行我的职责，亲自抓抓她的教育。但是我没有妻室，没有家，因此我的小伊丽莎只好放在学校里。我一旦有空，就去学校看望她，我哥哥死后（那大约是五年前的事情，我因此而继承了家业），她就常来德拉福看我。“天哪！”埃丽诺叫了起来，“能有这种事情！难道能是威洛比——”

“关于小伊丽莎的最早消息，”上校继续说道，“我是从她去年十月写来的一封信里得知的。这封信从德拉福转来，我是恰好在大家准备去惠特韦尔游玩的那天早晨收到的。这就是我突然离开巴顿的原因。我知道，大家当时肯定觉得很奇怪，而且我相信还得罪了几个人。威洛比见我不礼貌地破坏了游览，只顾向我投来责难的目光，可是我认为他尽——真是可恶透顶！”埃丽诺大声嚷道。

“现在我已向你摆明了他的人格——挥霍无度，放荡不羁，而且比这更糟。你了解了这一切（而我已经了解了好多个星期啦），就请设想一下：我见到你妹妹依然那么迷恋他，还说要嫁给他，我心里该是什么滋味。请设想一下：我多么为你们担忧。我上星期到这里来，看到只你一个人，便决定问明事实真相，虽然等真的问明真相以后又怎么办，我心里一点没谱。我当时的行为一定会使你感到奇怪，不过现在你该明白啦。任凭你们大家如此上当受骗，眼看着你妹妹——可我能有什么办法？我的干预是不可能奏效的。有时我想，你妹妹也许能把他感化过来。然而事到如今，他竟干出了这么不光彩的事情，谁知道他对你妹妹安的是什么心？不过，不管他用心如何，你妹妹只要把自己的情况与伊丽莎的情况加以比较，考虑一下这位可怜少女的凄惨而绝望的处境，设想一下她还像她自己一样对威洛比一片痴情，而内心却要毕生忍受自责的痛苦，那么，你妹妹现在和将来都无疑会对自己的情况感到庆幸。确实，这种比较对她一定会有好处。她会感到，她自己的痛苦是微不足道的。这些痛苦不是起因于行为不端，因而不会招致耻辱。相反，每个朋友都会因此而更加亲近她。对她不幸遭遇的关切，对她刚强精神的敬佩，定会进一步增强对她的喜爱之情。不过，你可以自行决定如何把我告诉你的情况转告给她。这会产生什么效果，你应该知道得最清楚。不过，我若不是真心实意地认为这会对她有益，会减少她的悔恨，我决不会容忍自己搬出家里的不幸来烦扰你，滔滔不绝的好像是为了抬高自己、贬低别人似的。”

听了这一席话，埃丽诺感激不尽，恳切地向他道谢，而且向他保证：她若是把过往之事告诉玛丽安，对她一定会大有裨益。

“别的事情都好说，”埃丽诺说道，“最让我痛心的是，玛丽安一直在设法为威洛比开脱罪责，因为这样做比确信他卑鄙无耻还使她感到烦恼。她一开头是会非常痛苦的，不过我相信她很快就会平静下来。你，”她沉默了片刻，然后接着说，“自从在巴顿离开威洛比以后，有没有再见到他？”

“见过，”上校严肃地答道，“见过一次。一场决斗是不可避免的。”

埃丽诺被他那副神态吓了一跳，她焦灼不安地望着他，一面说道：

“什么！你是找他——”

“我不会以别的方式见他。伊丽莎虽说极其勉强，但还是向我坦白了她的情人的姓名。威洛比在我回城之后不到两周也回到城里，这时我就约他相见，他为自己的行为自卫，我来惩罚他。我们谁也没有受伤，因此这次决斗从未宣扬出去。”

真想得出，这也犯得着，埃丽诺不禁发出了一声叹息，但是，对于一位具有大丈夫气概的军人，她不敢贸然指责。

布兰登上校停顿了一下，然后说道：“她们母女俩的悲惨命运何其相似：我没有很好地尽到我的责任！”

“伊丽莎还在城里吗？”

“不在。我见到她时，她快要分娩了。产期刚满，我就连她带孩子一起送到了乡下，她现在还呆在那儿。”

过了一阵，上校想起自己可能将埃丽诺和她妹妹分离得太久了，便终止了这次访问。当他离开时，埃丽诺再次对他表示感谢，并且对他充满了同情和敬意。

第八章

埃丽诺想见见费拉斯太太的好奇心得到了满足。她发现她身上一无是处，在这种情况下两家再去攀亲，那是很不理想的。她看清了她的傲慢、自私和对她自己的顽固偏见，因而可以理解：即使爱德华不受约束地同她订了婚，那也一定会遇到重重困难，使他们迟迟不能结婚。她看得真切，几乎在为自己感到庆幸！由于遇到了一个较大的障碍，她可以免于遭遇费拉斯太太设置的任何其他障碍，可以免于忍受她那反复无常的脾性，免于费尽心机地去赢得她的好感。或者，如果说她对爱德华迷上露西还不能感到十分高兴的话，她至少可以断定：假如露西更加和蔼一些，她本应感到高兴的。

使她感到惊奇的是，费拉斯太太一客气，居然使露西变得飘飘然起来。她利令智昏，自视甚高，殊不知费拉斯太太只不过因为她不是埃丽诺才对她青眼相加，而她却认为这是对她自己的赏识——本来费拉斯太太只因不了解她的真实底细才偏爱她，而她却从中大受鼓舞。露西的这种心情不仅从她当时的眼神里看得出来，而且第二天早晨还毫不隐讳地说了出来。原来，经她特意要求，米德尔顿夫人同意让她在伯克利街下车，也许会单独见见埃丽诺，告诉她她有多么高兴。

事情还真凑巧，她刚到不久，帕尔默夫人那里便来了封信，把詹宁斯太太请走了。

“我亲爱的朋友，”她们一剩下两个人，露西便嚷了起来，“我来跟你谈谈我的喜幸心情。费拉斯太太昨天那样厚待我，有什么事比这更令人愉快的呢？她多么和蔼可亲啊！你知道我原来多么害怕见到她，可是一当我被介绍给她，她的态度是那样和蔼可亲，似乎确实表明：她非常喜欢我。难道不是如此吗？你全都看见了，难道你不为之大受感动？”

“她当然对你非常客气。”

“客气！你只发现她很客气？我看远远不止于此——除我之外，她对谁也没这么亲切啊！一不骄，二不傲，你嫂嫂也是如此——和蔼可亲极啦！”

埃丽诺很想谈点别的，可是露西硬要逼着她承认，她有理由感到幸福，于是埃丽诺不得不继续讲下去。

“毫无疑问，她们要是知道你俩订了婚，”她说，“再这样厚待你，那当然是再愉快不过啦！然而，情况并非如此——”

“我早就猜到你会这么说，”露西急忙应答。“费拉斯太太若是不知道，她就决不会无缘无故地喜欢我——有她喜欢我，这比什么都重要。你休想劝说我转喜为悲。我知道事情一定会有个圆满的结局，我原先还顾虑重重，其实压根儿不会有什么困难。费拉斯太太是个可爱的女人，你嫂子也是如此。她们两人的确都很讨人喜欢！我很奇怪，怎么从没听你说过达什伍德夫人如何惹人爱呀！”

对此，埃丽诺无言可答，也不想回答。

“你有病吧，达什伍德小姐？你似乎情绪不高——连话都不说。你一定不舒服。”

“我从来没有这么健康过。”

“我从心里感到高兴，不过你的脸色的确不好。你若是真有病，我会感到很难过的——因为你给我带来了最大的安慰！要不是多亏了你的友情，天晓得我会怎么样。”

埃丽诺想给她个客气的回答，可又怀疑自己是否做得到。不过，露西倒似乎颇为得意，因为她又立即说道：

“的确，我完全相信你对我的深情厚谊。除了爱德华的爱，你的深情厚谊是我最大的安慰。可怜的爱德华！不过现在好了———我们能够见面啦，而且要经常见面，因为米德尔顿夫人很喜欢达什伍德夫人，这样一来，我们也许可以常去哈利街，爱德华可以有一半时间呆在他姐姐那里。何况，米德尔顿夫人和费拉斯太太也可以进行互访。费拉斯太太和你嫂嫂真好，她们不止一次地说过：什么时候都乐于见到我，她们多讨人喜欢啊！我相信，你若是告诉你嫂嫂我对她如何评价，那你说得再高都不会过份。”

但是，埃丽诺不想让她存有任何希望，认为她真会告诉她嫂嫂。露西接着说道：

“我知道，费拉斯太太若是真不喜欢我的话，我准能马上看得出来。比方说，假如她一声不吭，只是刻刻板板地给我鞠个躬，此后再也不理睬我，再也不和颜悦色地看我一眼——你知道我这是什么意思——假如我遭到如此可怕的冷遇，我早就死了这条心啦。那会叫我无法忍受的。我知道，她若是真的讨厌起谁来，那就是深恶痛绝啦。”

听了这席客客气气的得意之言，埃丽诺还没来得及作出回答，不料房门被推开了，只见仆人传报费拉斯先生驾到，随即爱德华便走了进来。

这是个令人非常尴尬的时刻，每个人的脸色表明，情况确实如此。一个个看上去呆痴痴的，爱德华似乎又想往里进，又想往外退。这种难堪的局面本是他们极力想避免的，现在却在所难逃了——他们不仅三个人都碰到一起了，而且没有任何其他人帮助解围。两位小姐先恢复了镇定。露西不敢上前表示亲热，他们表面上还要保守秘密。因此，她只能用眼色传送柔情蜜意，嘴里刚与他寒暄了两句，便不再作声了。

不过，埃丽诺倒想多说几句，而且为了爱德华和她自己，还一心要处理得当一些。她稍许定了定神，硬是装出一副近乎坦率大方的神态，对他的到来表示欢迎，再经过一番努力，则显得更加神态自若了。尽管露西在场，尽管她知道自己受到了亏待，但她还是对他说：“见到他很高兴，他上次来伯克利街时，她不在家，很遗憾。”虽然她马上察觉露西那双锐利的眼睛正在直溜溜地盯着她，她却没有畏怯，本来就是朋友嘛，还多少算个亲戚，她还是对他以礼相待。

她的这般举止使爱德华消释了几分躁虑，鼓起勇气坐了下来。不过，他还是比两位小姐显得更窘些，这种情形对男子汉来说虽不多见，但具体到他，倒也合乎情理。因为他既不像露西那样毫不在乎，也不像埃丽诺那样心安理得。

露西故意装出一副娴静自得的样子，好像决计不想给他们增添安慰似的，一句话也不肯说。真正说话的，几乎只埃丽诺一个人。什么她母亲的身体状况啊，她们如何来到城里啊，诸如这些情况爱德华本该主动问起的，但他并没这样做，埃丽诺只好主动介绍。

埃丽诺的一番苦心没有到此结束，不一会儿，她心里产生了一股豪情，便决定借口去喊玛丽安，将他们两人留在房里。她果真这么做了，而且做得极其大方，因为她怀着无比高尚的刚毅精神，在楼梯口盘桓了半天之后，才去叫她妹妹。可是一旦把妹妹请来，爱德华那种欣喜若狂的劲头也就得结束了。原来，玛丽安听说爱德华来了非常高兴，马上急急忙忙地跑到客厅。她一见到他高兴极了，就像她往常一样，感情充沛，言词热烈。她走上前去，伸出一只手让他握，说话声流露出做小姨子的深情厚意。

“亲爱的爱德华！”她大声嚷道，“这是大喜大庆的时刻！简直可以补偿一切损失！”

爱德华见玛丽安这么亲切，本想作出亲切的回应，但是面对着那两位目击者，他根本不敢说真心活。大家又重新坐下，默默无语地呆了一阵。这时，玛丽安脉脉含情地时而望望爱德华，时而瞧瞧埃丽诺，唯一感到遗憾的是，本来是皆大欢喜的事情，却让露西讨厌地夹在中间给搅坏了。爱德华第一个开口，他说玛丽安变样了，表示担心她过不惯伦敦的生活。

“噢！不要为我担心！”玛丽安兴奋而诚恳地应答，说话间，泪水涌进了眼眶。“不要担心我的身体。你瞧，埃丽诺不是好好的嘛。这就够使我们俩知足的了。”

这话不可能让爱德华和埃丽诺感到好受，也不可能博得露西的好感，只见她带着不很友好的表情，抬眼瞅着玛丽安。

“你喜欢伦敦吗？”爱德华说，他心想随便说点什么，把话头岔开。

“一点不喜欢。我原想来这里会其乐无穷的，结果什么乐趣也没有。现在见到你，爱德华，是伦敦给我带来的唯一的欣慰。谢天谢地！你还是老样子！”

她顿了顿——没有人作声。

“我看，埃丽诺，”她接着又说，“我们应该责成爱德华把我们送回巴顿。我想再过一两周，我们就该走了，我相信，爱德华不会不愿意接受这一托付吧。”

可怜的爱德华嘴里咕哝了一下，不过咕哝了什么，谁也不知道，就连他自己也不知道。玛丽安见他有些激动不安，很容易牵扯到最使她得意的原因上去，因而感到心满意足，马上就谈起了别的事情。

“爱德华，我们昨天在哈利街过得好窝囊啊，真没意思，无聊之极！不过，我在这一点上有好多话要对你说，只是现在不能说。”

她采取了如此令人钦佩的审慎态度，目前还不想告诉他：他们双方的那几位亲戚比以往任何时候都讨人嫌，特别是他的那位母亲尤其令人作呕。这些话只好等到他们单独在一起的时候再说。

“爱德华，你昨天为什么不在那里？你为什么不来呀？”

“我在别处有约会。”

“约会！有这样的朋友来相聚，你还会有什么约会呢？”

“也许，玛丽安小姐，”露西大声嚷道，她急切地想报复她一下，“你以为年轻人遇到大大小小的约会，一旦不对心思，就从不信守啊。”

埃丽诺顿感怒不可遏，然而玛丽安似乎全然觉不出她话里有刺，她心平气和地答道：

“我确实不这样认为。说正经的，我敢肯定，爱德华只是依照良心办事，才没去哈利街的。我确实认为他是天下最有良心的人，每逢有约会，不管多么微不足道，不管多么违背他的兴致和乐趣，他总是谨慎小心地践约。他最怕给人带来痛苦，最怕使人感到失望，他是我见过的人中最不自私自利的人。爱德华，事实就是如此，我就是要这么说。什么！你不想听人表扬自己？那你一定不是我的朋友，因为凡是愿意接受我的友爱和敬意的人，必须接受我的公开赞扬。”

不过，听了她的这番赞扬，她的三分之二的听众心里觉得特别不是滋味，而爱德华更是大为不快，马上起身往外走去。

“这么快就走！”玛丽安说。“我亲爱的爱德华，这可不行呀！”

她把他拉到旁边一点，低声对他说：露西不会呆得很久。但是，她甚至这样鼓励也无济于事，因为他执意要走。本来，即使他呆上两个小时，露西也会奉陪到底的，现在见他走了，随后也接踵而去。

“她为什么老到这里来？”她一走，玛丽安便说道。“她难道不知道我们要她走？真让爱德华哭笑不得！”

“这为什么？我们大家都是他的朋友，露西认识他的时间比谁都长，他想见见我们，自然也想见见她。”

玛丽安目不转睛地望着她，然后说："你知道，埃丽诺，你这样说话真叫我受不了。我看你说这话是存心想叫别人反驳你，要真是这样的话，你应该记得，我是决不会这么干的。我不能上你的当，下作地说些毫无意义的废话。"

她说罢走出房去。埃丽诺不敢跟着她再说什么，因为她向露西保证过要保守秘密，她无法说出让玛丽安信服的情况。尽管这将错就错的后果是痛苦的，但她只得格守诺言。她只能希望，爱德华不要让她或他自己经常听见玛丽安信口开河地瞎说一通，也不要重新引起他们最近这次会见所招致的其他痛苦——而这是她有充分理由加以期待的。

第九章

就在这次会面后不几天，报上登出了这样一条消息：托马斯·帕尔默先生的太太平安生下一个儿子兼继承人。这是一条令人感兴趣的、令人满意的新闻，至少那些事先了解情况的至亲都是这么认为的。

这件事意义重大，关系到詹宁斯太太的幸福，因而促使她暂时改变了她的时间安排，同样也影响到她的年轻朋友们的活动安排。这位太太希望尽可能地同夏洛特呆在一起，因此每天早晨一穿好衣服便过去了，晚上直到很晚才回来。达什伍德家两位小姐经米德尔顿夫妇特意要求，只好整日整日地在康迪特街度过。就舒适而言，她们还是宁愿呆在詹宁斯太太家里，至少愿意整个上午能够如此。但是她们又不便违背众人的愿望，硬是提出这样的要求。因此，她俩的时间就转而泡在米德尔顿夫人和斯蒂尔妹妹身上。其实，她们虽然嘴上说要找她俩作伴，实际上并不欢迎她们。

达什伍德家小姐都是很有头脑的人，不可能成为米德尔顿夫人的理想伙伴。而两位斯蒂尔小姐更以嫉妒的目光看待她们，认为她俩闯入了她们的地盘，分享着她们本想独享的盛情厚意。虽说米德尔顿夫人对待埃丽诺和玛丽安是再客气不过了，但她绝非真正喜欢她们。正因为她们既不阿谀她本人，又不奉承她的孩子，她便无法认为她们和蔼可亲。又因为她们喜欢看书，她便认为她们爱挖苦人。也许她并不知道挖苦是什么意思，不过那不要紧。这是大家动不动就搬出来的常用的指责语。

她们的出现对她和露西都是约束，既限制了一方的游手好闲，又限制了另一方的极尽所能。米德尔顿夫人当着她们的面什么事情也不干，未免觉得有些羞愧。而露西在别的时候，无论在思想上还是行动上都以阿谀奉承为能事，现在却担心她们因此而瞧不起她。这三个人中，对达什伍德家小姐的到来最不感到烦恼的，是斯蒂尔小姐。她们完全有能力与她和睦相处。晚饭后，一见她们进来，她就把火炉前的最好位置让了出来。她们两人只要有一位能向她详细介绍一下玛丽安与威洛比先生之间的整个恋爱史，她便会觉得这位置没有白让，得到了充分的报偿。但是，这种和睦现象并非毫无问题；虽然她经常向埃丽诺表示对她妹妹的同情，并且不止一次地在玛丽安面前流露过对于男人反复无常的责难，但是这除了惹得埃丽诺露出漠然的神情，玛丽安露出憎恶的神色之外，别无其他效果。她们哪怕稍微作出一点努力，她也会成为她们的朋友。她们只要拿博士开开她的玩笑就足够啦！谁想她们与别人一样，根本不想满足她的愿望。因此，如果约翰爵士外出，不在家吃饭，那她整天都听不到别人用这件事戏弄她，她只好进行自我嘲弄。

不过，这些妒忌和不满全然没有引起詹宁斯太太的猜疑，她只觉得姑娘们呆在一块是件令人愉快的事情。每天晚上都要祝贺她的年轻朋友们能避开她这傻老婆子，清闲了这么长时间。她有时到约翰爵士家，有时在自己家里，跟她们呆在一起。然而不管在哪儿，她总是精神焕发，兴高采烈，神气十足。她把夏洛特的顺利恢复归功于她自己的精心照料，她很想详细准确地叙说一下她的情况，可惜愿意听的只有斯蒂尔小姐一个人。有一桩事确实引起了她的不安，为此她天天都要抱怨几句。帕尔默先生坚持他们男人的一个共同观点，认为所有的婴儿都是一个样，真不像个做父亲的。虽然詹宁斯太太在不同时候能觉察这小家伙同他父母双方的个个亲戚都酷似，她却无法让他父亲接受这一看法。她无法使他相信，这小家伙和同他一般大小的其他小孩不尽相同；甚至也无法叫他认可这样一个简单的意见，即这小家伙是天下最漂亮的孩子。

大约就在这个时候，约翰·达什伍德夫人遇到了一件不幸的事情，我现在要来叙述一下。原来，就在她的两个小姑伙同詹宁斯太太头一次来哈利街拜访她时，又有一个朋友也顺便来访——这件事情本身倒不见得会给她带来不幸。但是有人会想入非非地对别人的行为得出错误的看法，凭着一鳞半爪的现象来判断是非。这样一来，人们的幸福在一定程度上总是要听任命运的摆布。且说目前，最后到来的这位太太，她的想象完全超出事实和可能的界限，刚一听到两位达什伍德小姐的名字，知道他们是达什伍德夫人的小姑，便立即断定她们眼下住在哈利街。由于有这样的误解，她一两天后便发来请帖，邀请她俩及其哥嫂到她府上参加一个小型音乐会。其结果，不仅给约翰·达什伍德夫人带来了极大的不便，只得派车去接达什伍德家两妹妹，而且更糟糕的是，她还必须显得对她们关心备至，真叫她满肚子不高兴。谁敢说她们就不期待第二次同她一道出去活动？确实，她随时都有权力拒绝她们。但是那还不够，因为人们一旦认定了一种他们明知不对的行动方式时，你再想让他们采取正确的行动，那他们会恼羞成怒的。

对于每天出去践约，玛丽安已经渐渐习以为常了，因而她是不是出去也就无所谓了。她默默而机械地为每天晚上赴约作着准备工作，虽然她并不期望从中得到一丝一毫的乐趣，而且往往是直到最后时刻才知道要被带到哪里去。

玛丽安对自己的衣着打扮已经变得满不在乎了，随随便便地梳妆一下，等斯蒂尔小姐进来，难免引起她的注意。相比之下，玛丽安整个梳妆时间花费的精力，还顶不上斯蒂尔小姐进来后五分钟里斟酌玛丽安的衣着所付出精力的一半。她观察得细致入微，对什么都很好奇，无所不见，无所不问，不弄清玛丽安每件衣服的价钱，决不罢休。她可以猜出玛丽安总共有多少件外衣，而且比玛丽安自己判断得还准确。分手前，她甚至还有希望发现玛丽安每周洗衣服要花多少钱，每年在自己身上耗费多少钱。另外，她发出这种不礼貌的盘问，最后还总要奉承两句。虽说她是一番好意，但玛丽安却认为这比什么都不礼貌；因为她仔细调查了她外衣的价格和式样、鞋子的颜色和发式之后，近乎肯定地对她说："说实话，你看上去漂亮极了，肯定会征服不少男人。"

听了这番鼓励，玛丽安便辞别斯蒂尔小姐，下去乘坐她哥哥的马车。马车停到门口才五分钟，她们便已准备就绪。其实，她们的嫂嫂并不喜欢她们这么守时，因为她赶在她们前头先来到朋友家里，一心希望她们能耽搁一下。这也许会给马车夫带来些不便；但准时赶到却会给她自己带来不便。

晚上的活动并不十分精彩。同其他音乐会一样，到会的有不少人对演出确有欣赏能力，还有不少人根本是一窍不通。而那些表演者却像往常一样，被他们自己和他们的亲友视为英国第一流的民间表演家。

埃丽诺不喜欢音乐，也不假装喜欢，她的目光可以毫无顾忌地随意离开大钢琴，即使竖琴和大提琴，对她也毫无约束，室内的目标她爱看什么就看什么。她东张西望的时候，从那伙年轻小伙子里发现了一个人，就是他，曾经在格雷商店向她们讲解过牙签盒。转眼间，埃丽诺察觉他正在望着自己，而且正在亲切地同她哥哥说话。她刚想问问哥哥他叫什么名字，不料他俩一齐朝她走来。达什伍德先生向她介绍说：他是罗伯特·费拉斯先生。

他同埃丽诺说话的时候，显得既客气又随便，脑袋一歪鞠了个躬，像言语一样清楚地向她表明：他就是露西对她描绘过的那个花花公子。她当初喜欢爱德华假如不是看他人品好，而是看在他至亲的份上，那她该大为庆幸了。本来他母亲和姐姐的乖戾脾气已经引起了她的反感，现在他弟弟的这一鞠躬却把这种反感推向了顶点。然而，当她对这两位年轻人的如此不同感到诧异时，她并没有因为一方的愚昧自负，而失去对另一方的谦逊高尚的好感。他俩为什么会如此迥然不同，罗伯特在一次一刻钟的攀谈中亲自向她作了解释。他一说起他哥哥，便对他的极端不善交际感到惋惜，认为这确实妨碍了他与正经人的交往。他还坦率大方地将这一点归咎于不幸的私人教育，而不是归咎于天赋之不足。至于他自己，虽说天赋不见得特别优越，但是由于沾了上公学的便宜，结果与人交往起来比任何人都得心应手。

“说实在话，”他接着说道，“我认为这也没有什么大不了的。我母亲为此难过的时候，我常对她这么说。‘我亲爱的母亲，’我总是这么对她说，‘你要放宽心。这种不幸是无可挽回的，而且都怪你自己不好。你为什么不坚持自己的意见，却偏要听信我舅舅罗伯特爵士的话，让爱德华在他一生最关键的时候去接受私人教育？你当初只要把他像我一样送进威斯敏斯特公学，而不是送到普赖特先生家里，那么这一切都可以避免。’这就是我对这件事的一贯看法，我母亲已经完全认识了她的过错。”

埃丽诺不想同他分辩，因为不管她对公学的优点有些什么看法，她一想到爱德华住在普赖特家里，终究很难感到满意。

“我想你是住在德文郡，”罗伯特接下去说道，“道利希附近的一幢乡舍里。”

埃丽诺纠正了他说的位置，这似乎使他感到很奇怪：有人居然住在德文郡而不靠近道利希。不过，他对她们的那种房子还是给予充分的肯定。

“就我本人来说，”他说，“我极其喜欢乡舍。这种房子总是那样舒适，那样幽雅。我担保，假如我有多余的钱，我就在离伦敦不远的地方买块地皮，自己造座乡舍，随时可以乘车出城，找几个朋友娱乐一番。我劝那些要盖房子的人都盖座乡舍。那天，我的朋友考特兰勋爵特意跑来征求我的意见，将博诺米给他画的三份图样摆在我面前，要我确定哪一份最好。我一把将那些设计图全都抛进了火里，然后说道：‘我亲爱的考特兰，你哪一份也别用，无论如何要建座乡舍。’我想事情就是这么个结局。

“有些人认为乡舍地方小，条件差，这就大错特错啦。上个月，我住在我的朋友爱略特家里，就在达特福德附近。爱略特夫人想举行一次舞会。‘可是怎么办呢？’她说。‘我亲爱的费拉斯，请你告诉我该怎么办呀。这座乡舍里没有一个房间能容得下十对舞伴，晚饭又在哪里吃？’我倒马上发现这没有什么难处，于是便说：‘我亲爱的爱略特夫人，你不用犯难。餐厅能宽宽裕裕地容得下十八对舞伴；牌桌可以摆在客厅里；书房可以用来吃茶点；晚饭就在会客室里吃。’爱略特夫人听了这个意见非常高兴。我们量了一下餐厅，发现恰好能容纳十八对舞伴，事情完全按照我的设想作了安排。所以嘛，你瞧，只要人们知道如何筹划，住在乡舍里同住在最宽敞的住宅里一样，什么舒适条件都能享受得到。”

埃丽诺对此一概表示同意，她认为她犯不着去据理反驳，罗伯特不配受到这样的抬举。

约翰·达什伍德同他大妹妹一样不喜爱音乐，因而思想也在随意开小差。他晚会期间想到一个主意，回到家里说给妻子听，征求她的同意。鉴于丹尼森太太误以为他妹妹在他家里做客，他应该趁詹宁斯太太出去忙碌的时候，确实请她们来家做客。花销微乎其微，也不会带来什么不便；他是个很有良心的人，为了彻底履行他对先父的诺言，完全有必要关照她们。范妮听到这个建议，不禁大吃一惊。

“我真不知道，”她说，“你这样做怎么能不使米德尔顿夫人难堪，因为她们天天都跟她呆在一起。不然的话，我也会很乐意这么办的。你知道，我总是愿意尽力关照她们，正像我今天晚上带她们出去所表明的那样。不过，她们是米德尔顿夫人的客人，我怎么能把她们从她身边抢走呢？”

她丈夫看不出她的反对意见有什么说服力，不过对她还是十分谦恭。“她们已经在康迪特街住了一个星期，再到我们这样的近亲家住上同样的天数，米德尔顿夫人不会不高兴的。”

范妮停顿了一会儿，然后又重新打起精神，说：

“亲爱的，要是办得到的话，我一定诚心诚意地请她们来。可是，我心里刚刚打定主意，想让两位斯蒂尔小姐来住几天。她们是规规矩矩的好姑娘。再说她们的舅舅待爱德华那么好，我觉得也该款待款待她们。你知道，我们可以改年再请你妹妹来。而斯蒂尔姐妹俩可能不会再进城了。你一定会喜欢她们的。其实，你知道，你已经非常喜欢她们了，我母亲也很喜欢她们，而且哈里又那样特别喜爱她们。”

达什伍德先生被说服了。他觉得有必要马上邀请两位斯蒂尔小姐，而改年再邀请他妹妹的决定则使他的良心得到了安慰。不过在这同时，他又暗中怀疑：再过一年就没有必要去邀请她们进城了，因为到那时候埃丽诺已经成了布兰登上校的夫人，玛丽安成了他们的座上客。

达什伍德夫人为自己避开了这场麻烦而感到欣喜，她还为自己的急中生智感到自豪。第二天早晨，她给露西写信，要求她和她姐姐在米德尔顿夫人肯放手的时候，马上来哈利街住上几天。这理所当然地使露西感到十分高兴。达什伍德夫人似乎在亲自为她操心，真是急她所急，想她所想！能有这样的机会同爱德华及其家人呆在一起，这对她比什么事情都至关紧要，这样的邀请比什么都使她感到心满意足！这真是一件叫她感激不尽、急不可待的大好事。却说她在米德尔顿夫人家作客本来并没有明确的期限，现在却突然发现，她早就打算住上两天就走似的。

露西收到信不过十分钟，就拿来给埃丽诺看。看完后，埃丽诺第一次感到露西还真有几分希望。才相识这么几天，就得到如此异乎寻常的厚爱。这似乎表明：对她的这番好意并非完全起源于对她自己的恶意，时间一久，说话投契了，露西就能万事如意。她的阿谀奉承已经征服了米德尔顿夫人的傲慢，打通了约翰·达什伍德夫人紧锁的心房。这些成果揭开了取得更大成功的序幕。

两位斯蒂尔小姐搬到了哈利街，她们在那里非常吃香。消息传到埃丽诺耳朵里，进一步增强了她对事情的期待感。约翰爵士不止一次地去拜访过斯蒂尔妹妹，回到家里详细描绘了她们如何受宠的情况，谁听了都觉得了不起。达什伍德夫人平生从来没有像喜欢她们那样喜欢过任何年轻女子。她送给她们一人一只针肃盒，那是一位移民制作的。她直接称呼露西的教名。不知道她将来能不能舍得放她们走。